朧月書版

U0551926

朧月書版

# Sugar Days

## 슈가 데이즈

1

Author
少年季節
Boyseason

Translator 鮭魚粉
Cover Design 犀萬

Presented by Boyseason

Sugar Days
Contents

SUGAR

슈가 데이즈 Sugar Days

# 01

## Begin Again (1)

SUGAR DAYS

DAYS

一陣震動聲打破了安穩的平靜，讓床上人輾轉翻身。從窗簾縫隙沁入的陽光照得他眼角隱隱抽動。不知不覺中，天色已亮。

白尚熙發出了長聲的嘆息。一撇過頭，右臉頰隨即貼上一塊柔軟的肌膚，熟悉的觸感和味道讓他的眉眼嘴角不可思議地舒展開來。他又多蹭了好幾下，用雙臂將溫暖的體溫抱個滿懷。

對方熟睡的鼻息聲隨著他的擁抱而靠近。白尚熙眼睛未睜，直接在對方光滑的額頭上印下一枚親吻。如果可以，他真想繼續賴在床上不要起來。

手機在這期間仍是一直震個不停。原本靜靜待在白尚熙懷裡的徐翰烈緩慢地蠕動了一下身子。

「電話……」

「嗯。」

白尚熙把臉埋進徐翰烈柔軟的髮絲間，伸手在桌上摸索，卻沒撈到應該要在那裡的手機。

他在朦朧的記憶中搜尋著手機的去向，這才想起為了在固定的時間餵徐翰烈吃藥，清晨五點時曾一如往常般早起沖了個澡。最後一次使用手機，是在徐翰烈專用的應用程式上紀錄他的體溫和體重，大概輸入完畢後隨手一丟，不知丟去哪了。

持續不間斷的鈴聲終於讓徐翰烈皺起眉頭。

「好吵。」

「我知道。」

白尚熙把頭埋進他頸窩，安撫他不耐煩的起床氣。伸手在被子上到處找尋手機的同時，也不停用鼻梁摩擦那白淨的肌膚。人體所散發出的香味，在經過了一夜之後變得更為明顯，白尚熙不禁貼在對方身上深嗅了一大口。徐翰烈發出微弱的呻吟，隱約想推開他。白尚熙勾起一側嘴角，將他整個人抱得更緊，對著那雪白的頸子吻了又吻，甚至順勢壓上他身體。被欺壓在身下的徐翰烈發出吃力的悶哼，仍然困倦得連眼皮都掀不開。

白尚熙手臂環上徐翰烈的後腰，輕微揉捏他單側臀瓣，同一時間，鼻梁和嘴唇不斷在他熱呼呼的脖子內側磨蹭著。在這溫柔的撩逗攻勢下，徐翰烈也逐漸停止了反抗的動作，白皙的手指很快地攀上白尚熙後頸，插進了他的髮間。

一抬頭便是四目相對，兩人不約而同地無聲注視著彼此。徐翰烈摸撫著白尚熙頭髮的手始終沒有停下動作。

白尚熙偷襲似的在對方臉頰上親了一口，親完才拿起那支響個沒完的手機。他沒看來電是誰，直接按下了通話鍵。

「我已經在停車場了，你準備好了沒啊？」

劈頭就發出質問的人正是姜室長。雖然接起電話，白尚熙視線卻仍固定在徐翰烈的臉上。手指在徐翰烈頰邊搔了搔，白尚熙老神在在地看了下時間。

「現在幾點了？」

「什麼啊，你睡到現在？已經七點多了，小子。八點前要到美容室啊！」

「劇本圍讀而已幹嘛去美容室。」

「說得輕鬆，最近的劇本圍讀可不是真的去念念劇本就好，那只是表面藉口罷了，製作公司其實更想趁機拍一些宣傳用的素材。更何況這是你時隔半年的復出，你覺得大家不會去找你的影片或照片來看嗎？」

「這樣的話，自然一點不是更好？」

他的拇指一下又一下地摩挲徐翰烈的臉頰，又去摸他微微上翹的嘴角。摸到一半，徐翰烈張嘴含住那指尖，眼睛依然直直凝視著白尚熙的臉。只見徐翰烈唇畔斜勾起一道長長的弧線，眼神透露著挑釁的意味。

根本無從得知電話另一端情況的姜室長兀自激動發怒：

「你在這邊跟我東扯西扯，只是想拖延時間對吧？池建梧，你再不立刻下來我可要闖進去了啊？」

「知道了。」

白尚熙敷衍應聲，結束了通話，接著輕輕拉下剛才反覆撫摸的那片下唇瓣。他垂下眼睫，偏過頭，收到接吻預感的徐翰烈隨即毫不抗拒地闔上眼皮，嘴巴也悄然分開一條縫隙。

白尚熙臉上頓時浮出一抹壞笑。他無聲笑著吻上徐翰烈臉頰，亦在他乖巧閉著的眼皮上親了親。

然而僅止於此。徐翰烈等了又等，對方的吻遲遲沒有降臨在嘴唇上。他猛地睜開眼，不滿到連眉頭都蹙了起來，直瞪著白尚熙：

「什麼啦？」

「我的早安問候啊。睡得好嗎？」

「開什麼玩笑？」

徐翰烈像是被白尚熙惹惱，賞了他肩膀一掌，再將他的臉抓至眼前。兩人的嘴有點粗魯地相接。乖乖被拉過去的白尚熙揚起了單側唇角，一邊回應著徐翰烈的吻。

他默默承接那急切撬開自己唇齒撞進來的軟舌。徐翰烈的舌頭激烈地推擠著白尚熙的，入侵門戶後便在口腔內恣意翻攪。舌肉猛烈頂弄那一排整齊的齒列和嘴唇內側，又用舌尖去勾舔尖銳的虎牙。

徐翰烈繼而用力吸吮白尚熙自然纏過來的上唇，途中不忘大肆欺凌對方企圖偷偷接觸與試探的舌頭。剛才被壓在身下掙扎抗議的模樣已不復見，現在的他使出了渾身解數抓著白尚熙不放，隨心所欲地在主導這個吻。

頑強地含吮拉扯白尚熙的下唇瓣，徐翰烈方才很是不滿的神色此刻顯得一臉舒坦，眼尾及嘴角甚至掛著得意的微笑，讓始終順著他的白尚熙忍不住發笑。

但白尚熙並沒讓他占據上風太久，一手扣住他下頦捏住雙頰。徐翰烈的嘴瞬間被打開，舌頭也露一小截在外面。白尚熙馬上歪頭，迅速將自己的舌往他嘴裡塞。徐翰烈沒料到他這招，只能束手無策地接納。白尚熙一鼓作氣直搗深處，幾乎要壓迫到喉頭的深吻逼得人後仰。

白尚熙將徐翰烈的舌頭擠壓到角落再放開，然後疊於他之上，嚴密地相互交纏。被迫屏息的徐翰烈開始憋不住呼吸，發出微弱的嚶嚀，雪白雙頰也浮現一層淡淡的紅暈。

「嗯……唔嗯！」

唇瓣不留空隙地銜接在一起復又分離，深情繾綣的唇片之間一刻不停地逸出帶著水聲的摩擦音。舌與舌的靡亂交流沸騰了唾液，整個口腔快速升溫發甜，就連那粗濁的喘息都捨不得讓它直接逸散出去。

一度彷彿要將對方拆食落腹的兩個人逐漸放緩了氣勢，鬆開了原先緊緊箝制、幾乎要把對方抓疼的手掌，改為含吻對方甜美濡溼的唇肉。

接著，白尚熙忽然在徐翰烈嘴上一連輕啄了好幾口，呆呆配合著他節奏嘟嘴的徐翰烈最後終於噗地笑了出來。被那股想笑的衝動傳染，白尚熙臉上也綻開了又大又好看的微笑。

他們相互抵著額頭對視了一會。徐翰烈熱切渴望的目光在白尚熙臉上游移，梭巡著他的神情。或許是在對方緩緩垂落的視線中發現了與自己相同濃度的愛意，讓徐翰烈即刻卸下他最低限度的心防，因而伸出雙臂使勁圈住白尚熙的脖頸。兩人耳鬢溫情廝磨了半晌，徐翰烈便在白尚熙耳邊小聲撒嬌著說：「抱我起來。」

白尚熙埋下頭，唇貼在他敞露的白皙頸間，盡情汲取他身上的氣味，在那片薄薄的肌膚表面種下氾濫的吻。而徐翰烈則是一直將他緊摟著不放手。

又磨蹭了一陣子，白尚熙才托著徐翰烈的背，一口氣將他從床上扶起。徐翰烈順勢坐上他大腿，雙方再次四目交會。白尚熙出神瞅著徐翰烈白淨的面龐，然後親暱地磨磨他鼻尖。沒想到徐翰烈卻向後躲開，身子微僵。似乎是過於窘迫之故，那倒映著白尚熙的一雙瞳孔細微地晃動著，大概是對於這種肉麻的親密行為尚未免疫。

毫不在意的白尚熙伸長脖子追過去，在徐翰烈嘴上啵了一口，接著輕鬆抱起他朝浴室走，繼續在他臉頰、下巴還有脖子上重複地親了又親。

如今，這已成為他們每天早晨的日常風景。

✦

「這小子怎麼復工第一天就動作這麼慢啊？該不會跟之前一樣，接了電話之後又跑去睡回籠覺了吧？」

姜室長一邊劈哩啪啦埋怨著一邊進了電梯。他緊盯著逐一增加的樓層數，身體完全靜不下來。隨著時間一分一秒流逝，感覺口舌越來越乾燥。畢竟，今天可是白尚熙在足足相隔半年之後重返演藝圈的大日子。

徐翰烈休養的期間，白尚熙始終守在他身旁。不僅是電影戲劇的拍攝，就連一般廣告等附帶工作也都完全停擺。他這麼做，根本是一心準備好要毀約並賠償違約金。

由於正值身價水漲船高的時刻，在這樣的背景下，各式傳聞紛至。先是有人猜想是不是他背地交往的女友懷孕了，不得不急急忙忙準備結婚補票。也有人傳他沉迷於海外遠征賭博、吸毒嗑藥、因惹禍而多次進出警局，或是說他正在住院等等，漫天飛的謠言從未斷過。這也間接證明了人們對白尚熙的持續關注。

然而，白尚熙本人對於這些五花八門的傳言卻是無動於衷。眼見來之不易的粉絲們紛紛離去，名聲一落千丈，他卻一點都不打算辯解。甚至面對憂心忡忡的姜室長，也總是態度悠哉地勸他說何必去在意那種東西。

暗中流傳的這些謠言靠著一篇報導而得以平息。該篇文章報導了池建梧正在照料弟弟徐翰烈的近況，並公開了一張他們一起散步的偷拍照，一眼就能看出那張照片裡的兩人十分親密無間。

報導出來後，雖然曾被懷疑是在操作輿論，但社群論壇或社交媒體上接連冒出在醫院或血腸湯飯餐廳目擊到他們兩人的消息，於是，那種質疑的聲浪很快便消停下來。到後來，白尚熙因此樹立了比先前更加優質的形象，不但得到粉絲支持，更獲得社會大眾的好感。

儘管如此，姜室長還是為他提心吊膽。人生在世，能夠翻轉命運的機會少之又少，尤其演藝圈最不缺的就是替代品。對於藝人來說，這種翻身的機會當然是千載難逢。更別提像白尚熙這樣曾經跌落低谷後東山再起的背景，適時掌握機運對他來說有多麼重要。

再加上白尚熙正好開始對演戲產生興趣，曾經拿不出代表作的他，如今也累積了較具分量的作品列表。特別是在徐翰烈手術前，他最後拍的電影《人鬼：The End》達成千萬觀影人次，確定將進行三部曲的製作。延續了前作人氣，在作品接連大賣的影響下，新戲的提案也如雪片般飛來。再也沒有人去質疑白尚熙的演技，鋪在他眼前的可以說是一條平坦的康莊大道。

那說不定是他人生中絕無僅有的黃金巔峰時期。照理來說，只要是人都會有欲望，但白尚熙卻毫不戀棧，寧願就此放棄。姜室長並非不明白他對徐翰烈用情有多深，只是每次回想起他艱苦的過去，就不免要為他錯過那些大好機會而感到惋惜。

幸好，《人鬼》的製作團隊表示願意等白尚熙歸隊，於是續作的開機日就這樣延遲了六個月的時間。可是，總不能繼續一直辜負製作團隊的好意，再拖下去也會給其他工作人員和演員們造成不便。

恰好就在此時迎來了好消息——徐翰烈宣佈他將重返經營團隊。據說主治醫師已判定他可以開始慢慢恢復日常生活。

儘管徐翰烈仍時不時因低燒或傷寒而臥床不起，但幸好沒有產生所有人最害怕見到的排斥反應。當然還不到可以完全放心的地步，徐翰烈每天仍須按時服藥，每個早晨都得規律紀錄體溫體重。不過，他現在已經可以不用完全靜養了。

為了能夠有時間適應工作，徐翰烈將先赴任日迅人壽的經營企畫本部長一職。但是眾人皆預測他會在年末或明年初，經由股東會的決議而坐上公司代表的位子。

白尚熙自然也跟著恢復了原本的工作，簡直跟被強迫上工沒什麼兩樣。姜室長有一次去別墅找白尚熙時，曾聽他不情不願地提到自己復工的背後原因。

『徐翰烈問我是否想害他臉上無光，說不想在外面聽到別人嘲笑他的事業失敗了。』

SSIN娛樂是一家完全憑藉著徐翰烈個人資本和理念而創立的公司。現在雖然是交由另外的專業經理人來管理，但在業界裡，SSIN娛樂和徐翰烈劃上等號的形象連結還是很強烈。因此，徐翰烈對於公司的存亡或外部評價也更加在意。

當然，催促白尚熙復工的理由並不是只有這一個。

『我討厭被當成病人對待，所以你也別再繼續充當看護了。』

誰會願意被自己的戀愛對象當成病患來看待呢？既然是在談戀愛，一定會希望在這段關係裡能用自己真實的面貌和對等的立場來相處，當然會更渴望體會愛情的悸動與眷戀，而非某種義務或責任感。

總而言之，多虧了徐翰烈適度的堅持，「演員池建梧」這個人物的時間齒輪才得以繼續轉動起來。推遲的廣告拍攝一個接著一個敲定，《人鬼》續集的製作亦是加速在進行，也就不會發生毀棄合約而須賠償違約金的事情。

白尚熙等同一輛超級跑車，眼前已為他鋪好平整的道路，現在只剩下啟動引擎預熱，馬力加到最大，催下油門衝刺就好。可能至少到年底都得馬不停蹄地工作了。

光是今天，他的行程就排得相當緊湊，一大早就要趕去參加新作品的劇本圍讀。最近製作公司都會在排練現場順便拍攝一些訪問影片，所以白尚熙還得先繞去美容室梳化才行。下午則進行畫報拍攝兼近況採訪，接著馬上又要拍合約尚未到期的酒類品牌廣告。

偏偏三十分鐘前答應姜室長要下來的那位先生，至今還看不到人影。剛才通電話時也聽得出白尚熙聲音充滿睏意，肯定是又昏睡過去了。他從以前就有這種貪睡的毛病。姜室長一想到以後經常要辛苦挖他起床，就不禁先嘆了口氣。

他走出電梯後又再撥了一次電話，仍然無人接聽，只有回鈴音響個不停。已來到玄關大門的姜室長毫不猶豫地解開門鎖進入屋內。

「喂！池建梧！現在都幾點了……」

他拔高了嗓門，正要脫掉腳上的運動鞋，動作忽地一頓。整齊擺放在玄關的皮鞋引起了他的注意，皮鞋的尺寸和款式與白尚熙的並不相同。

姜室長瞬間背後一涼，不太好的回憶悄悄浮現腦海。以前有一次來接白尚熙時，他曾撞見光著身子在床上睡覺的徐翰烈。自那天起，他每次對上徐翰烈的眼都覺得尷尬得不得了。姜室長思考了一下自己是不是應該先從這裡撤退，假裝什麼事都沒發生。

就在這時，忽然感覺有人朝玄關處走來。姜室長懷著七上八下的心情在原地等了一會，楊祕書從透明的屏風門走了出來。見到來人是他，姜室長不知道有多高興。

楊祕書替姜室長開了門，有禮地向他點頭：

「您好。」

「啊，您好嗎？好久沒見到楊祕書了呢。」

姜室長開朗一笑，伸出手就要握手。然而楊祕書只是靜靜看著他的手沒有動作。

「怎麼了嗎……」

姜室長一時摸不著頭腦，低頭望向自己的手。他的手上並沒有沾到什麼明顯的髒東西。

「不好意思，可以麻煩請您先消毒一下雙手嗎？」

「啊……喔喔！對啦，要消毒才行，看看我這記性。」

姜室長一邊搔著後腦杓，趕緊溜進客用衛浴。他用裡面準備的洗手乳把手掌內外和指甲縫都搓洗乾淨，拿擦手巾拭去水分後，又再噴了一次消毒液。

徐翰烈現在的狀態已不那麼容易受感染，可以恢復日常生活，代表他的免疫力有回到正常的水準。儘管如此，每個人都還是過度保護著徐翰烈，其中保護程度最嚴重的人就是白尚熙。他先前一直不讓姜室長到徐翰烈休養的別墅去，連在附近晃晃都不行。

現在搬回高級公寓後，姜室長要是過來，白尚熙也都堅持讓他在外面等。本來想說既然都來了，就順便和徐翰烈打個招呼再走，結果白尚熙一次也沒讓他見到面。儼然像隻怕小狗沾染晦氣而護子心切的狗媽媽一樣。原本明明是個對任何事都漠不關心的性子，如今這種態度更讓姜室長覺得傻眼。但他也不是不能理解。徐翰烈讓白尚熙這輩子初嘗失去摯愛的感受，好不容易才失而復得，會變得過於小心謹慎也不是沒有道理。

姜室長從浴室出來，環顧了一下周遭。除了徐翰烈光明正大到處擺的個人物品之外，白尚熙的公寓內部並沒有什麼太大的變化。他可沒聽說這兩人要同居啊，這是打算就順水推舟地住在一起了？這樣沒關係嗎？姜室長帶著接二連三萌生的疑問走向客廳。

楊祕書正直挺挺地站在沙發前。姜室長見到他尷尬笑了笑，楊祕書伸手示意他坐下。

「池建梧先生正在洗澡，請稍坐一下，有些話要跟姜室長轉達。」

「啊，好的。」

姜室長下意識地點頭哈腰，趕緊在沙發落坐。他和楊祕書其實沒有什麼身分位階上的差異，但不自覺就變成這樣了。

「想對我說的話是？」

「我們本部長和池建梧先生的家族關係是眾所周知的事，他們兩位開始回到工作崗位後，勢必會成為眾人議論的焦點。我在為本部長做事的時候也會格外注意，希望姜室長能謹慎行事，不要讓人有機會拿他們兩位的交情作文章。」

「哎唷，當然了，這種事當然要小心啊！」

姜室長激動握拳表示同意，還拍拍胸脯掛保證，一副別擔心、相信我就對了的樣子。

不曉得是不是他聲音太大，緊閉的臥室門無聲開啟，從裡面現身的人正是徐翰烈。

「還想說是誰這麼吵呢。」

徐翰烈嗓音微啞地咕噥著，朝向廚房的方向走去。這是姜室長實際隔了半年時間第一次見到他。

「喔，徐代表！您好……」

反射動作正要鞠躬的姜室長倏地頓住。徐翰烈竟光裸著身子，只披了件飄逸的浴袍就出來。甚至浴袍也沒穿好，該遮掩之處完全暴露在外。

「……呃啊！」

姜室長慌忙蒙住雙眼，身體也稍微轉向一旁，然而已烙印在腦中的殘影卻揮之不去。只見他的脖子耳朵還有整張臉迅速漲紅，被看光光的當事人卻是一點也不在意，漫不經心地走到淨水器前，還抱怨著「洗完澡身體要是不夠乾爽會很不舒服」之類的話。

徐翰烈用透明玻璃杯接水，同時一邊伸展著僵硬的頸部，仰起頭喝水時也不停按揉著白皙的後頸。明明沒什麼特別的，說到底不就都是男人的肉體，姜室長竟不好意思直盯著人家看。不同於手足無措的姜室長，楊祕書則是連眼睛都不眨一下，看來已經過充分的訓練。

姜室長一雙眼不知該往哪邊擺，最後只好瞪著無辜的牆壁發呆。浴室門在這時被打開，白尚熙只在腰間圍了條浴巾就走出來。乍見姜室長，他不疾不徐「啊」了一聲：

「姜室長來了啊。」

看他一臉泰然的神色，姜室長心裡莫名來氣。

「欸，臭小子！今天復工第一天，動作要加快一點嘛，我是不是有跟你提醒過？」

「又還沒遲到。」

「你都還沒出門怎麼知道等下會不會遲到？你一定沒考慮到禮拜一的交通狀況吧？還有你身為主演，提早一點到現場等大家不是很好嗎？怎麼可以每次都想滑壘成功！」

「總不能為了維護形象而犧牲我的個人時間吧？」

白尚熙厚著臉皮回嘴，並朝徐翰烈走去。他從身後摟住徐翰烈的腰，啾地親了一口他敞裸的脖子。「帶子要綁好啊。」他邊說邊繫緊徐翰烈寬鬆浴袍的腰帶。

姜室長明顯慌了，整個人背過身去。而楊祕書這次依舊沒有半分動搖。雖說是在家裡沒錯，可是你們也太無所謂了吧？姜室長心想。這是個壞兆頭，等在自己前方的，該不會是條充滿戀愛臭酸味的荊棘路吧？他幾乎能確定自己的預感會成真。

✦

「吼，池建梧！你這個瘋子！你就非得在我面前那樣卿卿我我的嗎？」

姜室長氣呼呼地罵著，坐進了駕駛座。他並沒有馬上發動引擎，先深呼吸幾下試圖穩定心緒。公司以行程緊湊和保護藝人為由，說要加派一名經紀人給白尚熙。對姜室長來說這樣應該會輕鬆許多，但他卻執意拒絕。畢竟白尚熙現在有太多不可外洩的祕密。

儘管靠著徐翰烈的公關操作讓白尚熙重新奠定了完美的形象，但也不能因此得意忘形。假如在這時候違背了大眾期待，不小心犯下錯誤，或是私生活被爆料出去，恐怕會遭受到更強烈的譴責。對於藝人來說，人氣或好感度越高，同時也得付出相對的代價。當一個人的形象越是正面陽光，光是一點微小瑕疵也會被放大檢視，進而受到嚴厲的批判。萬一白尚熙從現在的高點墜落而下，勢必會陷入再也無法翻身的泥沼。

不過當事人似乎完全沒有這些疑慮和憂煩，正慵散地倚在後座掏出他的平板電腦。

「又不是要表演給誰看的。」

白尚熙一點也不害臊地頂嘴，甚至火上加油。

「你說什麼？」

姜室長猛然回過頭瞪他。白尚熙一點也不怕他，聳了下肩膀。

「所以我不是說了我會準備好自己下去嗎？誰叫你非要上來，然後看到了才在那邊囉唆。」

「欸，你答應我會立刻下來，結果都過了三十分還是不見人影，你說我怎麼能不上樓看看？誰知道你是不是在途中被自己絆倒，還是一邊打瞌睡一邊洗臉不小心嗆到水，我這麼擔心你是理所當然！還有，你不是跟我說你沒有在跟徐代表同居嗎！」

「我的確還沒去改地址，因為抽不出時間。」

「哎唷，你們兩個如果登記同居的話，那些記者一定開心死了！要是打從一開始就沒有遮遮掩掩的打算，那楊祕書和我又何苦要費心幫你們隱瞞啊？」

「感情這種事怎麼有辦法隱瞞呢，我何必要隱瞞？」

白尚熙不當一回事的態度令姜室長不禁嘆氣，他啪地扶住隱隱作痛的前額，眼刀再度朝白尚熙射過去。

「對啦，總之你最行啦，你是不是這個意思？」

「我不是那個意思。你不是說快要來不及了嗎？」

姜室長強壓下差點爆氣的怒火。原因無他，是現在真的沒有時間在這邊跟白尚熙抬槓。他發動車子熟練地打著方向盤，決定先把車開出去再說。等車子一離開停車場，他便開始對著白尚熙碎碎念個不停。

「你怎麼可以那麼老神在在啊，一個當藝人的，卻那麼不在乎外界眼光。」

「怎麼，姜室長打算去跟誰偷偷爆料嗎？」

「對啦！我要去爆料！你這傢伙，等著看我到處去散播謠言吧！」

白尚熙噗哧一笑，把平板裡的劇本滑至下一頁。他毫無反應地掃視上面的臺詞，一邊小聲回嗆：

「既然要爆料那就幫我好好解釋清楚，說是我纏著人家不放，沒有他我簡直活不下去這樣。」

白尚熙放話時臉上找不到一絲的難為情。說者本人顯得相當得意，聽者卻被說者的每一句話大大激怒。

「吼！臭小子你給我閉嘴！一點都不知道反省的傢伙。」

「我犯了什麼錯？愛上一個人難道是我的錯嗎？」

「蛤……？」

姜室長露出愕然的表情，怒瞪著後照鏡裡的白尚熙。原本視線鎖定在平板上的白尚熙忽然朝窗外看去。接下來的說話聲聽起來如身處夢境般恍惚：

「姜室長，我已經決定，以後絕不做會讓自己感到後悔的事了。」

白尚熙彷彿是在對自己做出承諾。本來還想說些什麼的姜室長搖搖頭，發出一聲長嘆。繼續爭論下去也只是害自己講到嘴破而已。

不管如何，無論是白尚熙的事業，抑或是他與徐翰烈的關係，一個嶄新的生活就此揭開序章。姜室長只期盼他們往後的日子能沒有半點陰霾，永遠晴空萬里。

聽見有人叫了一聲本部長，徐翰烈張開眼睛。不知不覺間，車子已放慢速度，即將抵達日迅人壽的辦公大樓。大門口一字排開的員工們映入他眼簾。一旁還有扛著攝影機的記者，發現徐翰烈的座車靠近，隨即擺出戰鬥姿態，閃光燈連發。等待徐翰烈到來的職員也整齊劃一地挺正姿勢，臉上掛滿了微笑。

眼見這番景象，徐翰烈忍不住發出厭煩的嘆息聲，登時從這無趣的一幕收回了視線。

「直接開進停車場吧。」

「咦？可是……」

突如其來的指令讓司機露出無措的神色。他無意中朝後照鏡一看，恰恰對上徐翰烈的目光。徐翰烈挑起眉毛，一副「你是聽不懂嗎」的態度。司機連忙放下目光，朝坐在隔壁的楊祕書發出無聲的求救訊號。楊祕書稍微轉向後方，試著說服徐翰烈。

「本部長，地下停車場隨時都有車子在出入，比較混亂也不太安全，而且公司職員們想慶祝本部長今天第一天上班，好像很早就開始準備了……」

「只是上班而已有什麼好慶祝的？就那麼沒事可幹嗎？」

「可是今天連記者都特地來了，就算不那麼自在，也稍微給點回應會比較……」

「楊祕書，」徐翰烈再次打斷對方的話，車內的空氣瞬間凝結：

「不要讓我一大早就得說這麼多話好嗎？」

楊祕書懂得徐翰烈語調裡的起伏，代表再繼續說下去就沒有好臉色看了。沒有必要為這一點小事硬是違逆他的心意，楊祕書立刻放棄勸說，向司機默默點了個頭。

徐翰烈的座車最終慢悠悠地從大門口開過，進了地下停車場。在門口等待的眾人慌張起來，不知道該如何是好。只聽有人喊了聲：「快去停車場！」人群便一窩蜂地衝進大樓內。原本打算至少拍個車屁股也好的記者們只能失落地面面相覷。星期一的大清早就上演了這麼一場鬧劇。

徐翰烈的車一進入停車場，負責的職員隨即恭敬行禮，並且收起路障，指引車子停至公司管理者專用區域。

剛才從樓上跑下來的職員們在電梯門口重新列隊。徐翰烈越過車窗觀望著這副情景，不滿地「嘖」了一聲。

「該不會是楊祕書要他們這麼做的吧？」

「好像是公司準備的歡迎儀式，想要迎接本部長就任。」

「不是啊，我來上班，那些人有什麼好歡迎我的？」

徐翰烈完全無法理解地咕噥著。楊祕書一時沒辦法回答他的話。司機此刻已繞過車身來替徐翰烈打開後座車門。

徐翰烈很快下了車，大步朝電梯的方向走去，楊祕書趕緊跟在他身後。發現徐翰烈到來的職員們熱情地招呼問候。

「歡迎本部長蒞臨，恭喜您上任。」

「有時間歡迎我還不如去工作，那才是真的在幫助我。」

徐翰烈一副愛理不理的態度，從那些人面前直接走過。他逕自按下電梯按鈕，然後注視著樓層顯示面板。

此時才抬起頭來的職員們反應不過來，只能互相交流眼神。即使對徐翰烈的為人早有耳聞，當場碰到還是不知該如何應對。偏偏電梯遲遲不來，尷尬彆扭的氣氛在意想不到的沉寂之中被放大到了極致。

這時，楊祕書朝向在後方躊躇不安的專任祕書撇了下頭，要她過來，緊接著開口呼喚了一聲「本部長」，引起徐翰烈的注意。

「這位是以後會協助我工作、一起為本部長服務的李舒伶。」

徐翰烈回頭瞄了一眼，便看到那位捧著華麗花束的祕書。和徐翰烈對到眼，她再次鞠躬並自我介紹。

「我是祕書室的李舒伶，若有需要請隨時通知我。」

「那束花，是妳挑的嗎？」

徐翰烈的目光斜斜落在花束上。沒頭沒腦的提問讓李祕書來回看著徐翰烈和自己手中的花，肩膀忍不住僵硬起來。

「咦？是的，不曉得有什麼問題……」

「由此可以看出一個人的品味呢。」

徐翰烈低聲說了一句便轉回頭。李祕書的臉一秒漲紅。試圖拍攝獻花場面的內部刊物負責職員也一臉尷尬地悄悄放下攝影機。

碰巧電梯來了，徐翰烈毫不遲疑地走進電梯內。楊祕書也安靜地尾隨在後。電梯門即將關上的剎那，徐翰烈忽然伸手按住開門鍵。楊祕書問他怎麼了，依然站在外面的職員們也不禁緊張一抖。

「李舒伶小姐，還不進來是在做什麼？妳不是我的祕書嗎？」

「啊，是的，很抱歉。」

李祕書連忙進了電梯。剩下的其他人又是頭低低地朝他們行禮。徐翰烈從越來越窄的門縫間看著這一幕，吁出一口長氣來。

「到現在還是擺脫不了這些繁文縟節，有夠落伍。」

他自言自語抱怨著。

「該不會，」他驚訝問：「你們應該沒有要讓我發表什麼就職演說吧？」

李祕書一臉不妙地望向楊祕書。楊祕書不慌不忙，冷靜地應答：

「明天上午十點確實有安排一場就職典禮。」

「取消吧。」

「但是……」

「我叫你取消。」

徐翰烈直接打斷他的話，完全不打算考慮。話剛說完，他稍微扭過頭來看著楊祕書，那視線冷酷無比。

「今天為什麼同樣一句話老是要我重複這麼多遍？」

徐翰烈的語氣明顯非常不爽。楊祕書只好回他：「非常抱歉。」復工第一天就破壞徐翰烈的心情，對他沒有半點好處。

李祕書在這越發緊張的氣氛中默默地嚥了嚥唾沫。感覺電梯似乎上升得特別慢。

「在這邊等了多久了？」

李祕書正心急地數著樓層，徐翰烈忽然這麼問。她勉強微微一笑：

「並沒有等很久。」

「我不曉得楊祕書跟妳說了多少關於我的事，但我說不出什麼客套話來，應該說我不愛那一套。所以，李祕書既然要和我一起工作，就要據實以告，別想拐彎抹角或捏造事實。妳幾點到公司的？」

李祕書轉動著眼珠子偷覷楊祕書的反應，只見楊祕書輕微點了點頭。她終於招認事實：

「我七點到的。」

徐翰烈抬起手腕看了下錶，然後無言地笑出聲。

「星期一早上七點就到公司……再怎麼熱愛自己的公司，應該也不會自動自發到這種地步。是誰指使的？」

徐翰烈問話的同時朝李祕書瞥去一眼。李祕書根本不敢看他，整顆頭垂了下去，宛如犯了什麼滔天大罪似的。

電梯在令人不安的靜默當中停下，徐翰烈又轉回電梯門方向，吩咐道：

「下次再有人下什麼指示的話，別理他。」

「什麼？」

「既然是我的祕書，妳就只要聽我的話就好。」

「……啊，是的，我明白了。」

「那束花就當作我收下了，看要不要放在祕書室裡。」

李祕書用呆愣的眼神看向徐翰烈。徐翰烈面對緩緩開啟的門扇，又加上一句：

「那不是李舒伶小姐選的嗎？反正鮮花頂多也只能撐個三四天，就擺著吧。」

「啊，好的，謝謝。」

李祕書糊里糊塗回答完才發現不對，什麼「謝謝」，應該回「我知道了」才對吧？就在這時傳來像是錯覺的一聲噴笑。

「總之以後好好相處吧，雖然對妳我來說應該都不是一件簡單的事。」

徐翰烈自顧自說完先行出了電梯。李祕書彷彿挨了一拳，呆呆望著徐翰烈離去的背影。始終尾隨徐翰烈的楊祕書於是稍微提點她：

「本部長說話本來就那樣，別太放在心上，出去吧。」

「好的。」

李祕書歪著頭，露出困惑的表情。從以前就聽聞過許多關於徐翰烈的傳言，大部分都是負面的內容。所以當她調到祕書室的人事異動確定下來時，同事們甚至都跑來安慰她說以後要辛苦一陣子了。

實際見到徐翰烈本人，確實就如同過往聽說的那樣，他的個性似乎非常敏感和自我，絕對稱不上是良好的第一印象。

但不知道為什麼，感覺不至於像謠傳或是想像中那麼糟糕。雖然這可能只是一種自我安慰的樂觀想法，但李祕書就是有這種感覺。

她重新掂了掂懷中的花束，匆忙追了上去。

「從這邊開始由我來為您帶路。」

李祕書連忙到前方為徐翰烈打開祕書室的門。內部放置了兩張相對望的大辦公桌，看來是楊祕書和李祕書的位子。一側還準備了供訪客等待使用的沙發椅。

「這裡是本部長的辦公室。」

李祕書朝兩側推開前方的大門，能夠清楚俯瞰首爾市區的觀景窗出現在眼前。窗前擺了一張寬敞的辦公桌。而待客用的皮沙發也大到足以用來午間小憩。所有的家具和擺設都簡潔俐落，感覺頗為用心在迎合徐翰烈的喜好。

可惜有一項東西有點礙眼。不知道是不是因為徐翰烈必須準時吃藥的關係，辦公室的牆上、窗邊、桌上都擺設了時鐘，甚至沙發旁的茶几上也有。儘管全都是靜音式的，仍不免引人在意。

「把那些時鐘都撤走吧，沒病也會被搞出精神病來。」

楊祕書聽話地應了聲，按照他吩咐開始行動。站在後面的李祕書也機伶地幫忙收走那些時鐘。

徐翰烈脫了外套掛在沙發靠背，直接坐在扶手上。他的目光依序從辦公桌上到下，然後再到茶几上來回掃視。到處擺滿了各式各樣的盆栽，簡直讓人懷疑這裡究竟是花園還是辦公室。目測可能有三十個左右。

「這些都是什麼？」

「公司高階主管和客戶們致贈的就職禮物。」

「哦，這些人之中，又有幾個是真心歡迎我的呢？」

徐翰烈一邊笑著，像是在發出疑問又像是在自言自語。他的視線停留在桌上的名牌，「企畫本部長徐翰烈」這一串還不適應的文字重新映入眼簾。

這時祕書室突然響起電話鈴聲。徐翰烈依舊盯著他的名牌，揮揮手讓人去接電話。李祕書於是安靜地關上門離去。

過不了多久，內線電話就響了。楊祕書替紋風不動的徐翰烈接起話筒。透過一來一往的對話可以推測出來電者的身分，聽起來像是徐朱媛打來的。徐翰烈從沙發上起身走向楊祕書，對著他伸出手。接過話筒，徐翰烈便用下巴指了指緊閉的門扉。

「出去吧，有需要我再叫你。」

「好的。」

楊祕書畢恭畢敬地頷首完就離開了。徐翰烈等到他把門關上才把話筒拿至耳邊。

「有事幹嘛不打手機，幹嘛，是想監視我有沒有乖乖來上班嗎？」

「怎麼這樣曲解人家的意思，我打來是想祝賀你第一天到本部長室報到。」

「這有什麼好值得祝賀的？」

「恭喜你恢復健康、回到你的工作崗位啊。為了要回來你不是也付出很多努力，那當然值得慶祝一番囉。怎麼才剛來上班火氣就這麼大？」

徐朱媛光從徐翰烈的聲音就能聽出他的心情狀態。徐翰烈也不否認，直接抱怨道：

「整間公司都很陰沉，看了就不順眼。不管是人還是設備都很老舊過時。」

從一開始，徐翰烈對於要負責日迅人壽就有諸多不滿，老是在嘲諷自己大概成了公司起死回生的不朽象徵。保險業安穩保守的特性似乎也不合他心意。

再加上日迅人壽上了年紀的高級主管特別多，幾乎都是任職了二十年以上，所謂為公司賣命的一群人。身經百戰的老將最適合輔佐年輕氣盛、喜愛冒險的君王。徐朱媛期許這些老將能為徐翰烈反覆無常和衝動魯莽的決定帶來一些影響。當然，前提是徐翰烈要能夠包容這群人的意見才行。

徐朱媛低聲嘆息，開導不懂事的弟弟。

「怎麼能什麼事都要按照你的意思呢？翰烈你現在也已經三十歲了，凡事三思後行，別製造多餘的事端讓人有機會說嘴。就算不想給那些老人家特殊的待遇，至少也要適度做做樣子。」

「妳以為我是來巴結討好那些老屁股的嗎？」

「徐翰烈。」

「都說人臨死前才有可能突然性情大變，所以妳就別管我了，這邊的事我自己看著辦。就像徐會長說的，如今我也三十歲了，您就別再表現得像個恐怖家長一樣了。」

會勸他這麼做都是為了他好，結果只換來他孩子氣的抱怨。到底什麼時候才會變得成熟一點？徐朱媛不滿意地咂了嘴，再三勸囑：

「因為是徐家人，以後你的一言一行都會被端上檯面放大檢視，你知道我的意思吧？」

「不是一直以來都這樣嗎？」

「現在爺爺不在，情況不同以往了，所以你要守護好自己的地位，別讓那些虎視眈眈覬覦你位子的人逮到機會。雖然你的每次行動總是引起軒然大波，但最終成果從沒讓我失望過。那我就相信你這次也會有好的表現囉？」

「到底是在誇我還是損我……」

徐翰烈不爽地嘀咕一句然後笑了出來。徐朱媛聽了也跟著發笑，接著約他改天一起吃個晚餐。

「可以啊，我沒差。」

徐翰烈差不多想掛電話了，然而徐朱媛似是突然想到什麼啊了一聲：

「是說你房子什麼時候才要買？」

「……唔，我再看看。」

「你不會是打算就這樣拖延下去，一直和他住在那裡吧？」

「妳以為像他這樣的保母很好找嗎？明明沒拿薪水，卻從早照顧到晚，多麼無微不至。」

聽徐翰烈袒護了白尚熙幾句，徐朱媛不客氣地冷嗤了一聲。

「我看你現在真的過得很好是吧？生活美滿？大清早的就在講這麼難笑的玩笑話。」

「誰說我在開玩笑？」

「不跟你講了，盡快搬出來，如果發現情況不對重新回來家裡住也可以。不要老是製造新聞素材，讓那些記者起疑心。你可別搞到需要我親自出馬解決啊。」

「我都說了，我的事情我自己會處理。」

「別把我的話當耳邊風，要真的聽進去。那種會被人說閒話的關係通常都不會長久的。」

徐朱媛語氣平靜地發出警告。徐翰烈知道這不是無謂的嘮叨。隨著白尚熙和日迅集團家族之間的關係曝光，受到媒體和大眾的高度關注也是事實。光是看他和白尚熙復出的消息被同一篇新聞共同報導出來就能知曉。

目前的輿論對兩人十分友善。毫無血緣關係的繼兄弟卻能情同親生手足，白尚熙照顧徐翰烈一事也被傳為佳話。但等到兩人的關係真相大白，到時可無法保證輿論的反應會和現在一樣平和，應該說，肯定會有一百八十度的大逆轉。

「你又不知道當他遭逢不利處境時，他的態度會不會發生改變。」

徐朱媛刻意提醒徐翰烈未曾思考過的層面。當一個人手中擁有的東西越多，越是容易變得貪得無厭，不願意輕易放手。人性本就是如此。儘管白尚熙現在表現得乖巧聽話，一旦身陷險境，沒有人知道他會做出什麼事來，甚至連白尚熙自己都無法保證。

「我們會長大人還真過分，非得居中挑撥離間一下才甘心是吧？」

徐翰烈說完直接掛了她電話，臉色隨之變得冰冷。

「……」

他知道徐朱媛在顧慮些什麼。越是位高權重之人，就需要用更嚴格的標準去要求，並肩負起更大的責任。人類社會與野生叢林無異，強者為尊，弱肉強食。對於永遠充滿了威脅性、想把徐翰烈從位子上拉下來的那些競爭者來說，一點小失誤或污點都可以成為攻擊的藉口。

徐翰烈不想讓白尚熙成為自己的弱點，同時也不想讓白尚熙陷入被迫必須在自身安危和徐翰烈兩者當中二選一的兩難局面。白尚熙是他決定重新拾回生命的理由，要是沒了白尚熙，那他的人生也將失去意義。

徐翰烈需要壯大自己的力量。他必須強大到誰都不敢動他的地步才有辦法保護自己的人。正如徐朱媛所說的，現在沒了祖父當靠山，差不多是該培養集團內部個人勢力的時候。沉思了好一陣子的徐翰烈按下祕書室的內線通話：「兩位進來一下。」剛說完，外面便傳來敲門聲，兩名祕書默默地現身。

「請問有何吩咐？」

「今天的行程是什麼？」

「待會十點開始將要聽取公司現況、政府相關政策以及下半年業務計畫的相關簡報，中午安排與高階主管們共進午餐，下午則是安排了兩家知名財經雜誌的採訪。」

原本默不作聲的徐翰烈抬起眉毛。

「午餐？關係依舊這麼生疏拘謹的階段要如何一起進食？是想讓我第一天上班就消化不良嗎？」

「是朴成近副社長特別安排的。畢竟以後都會一起共事，他應該是想要自然地和您見個面打聲招呼。既然您已經取消了就職典禮，建議還是參加一下聚餐……」

「以後會不會一直一起共事還不曉得呢。」

徐翰烈滿不在乎地反駁。他確認了下時間，然後提出了一個新的方案，要祕書放棄原本的安排：

「原先要共進午餐的那些高階主管，就改在簡報會議時見吧？反正他們那群人握有最終決定權，對於正在進行中的業務計畫應該也最瞭解不是嗎？下級員工能報告的內容有限，應該也要聽聽看管理階層的意見。若有需要修正的事項，就算當場提出來也來得及變更。從各方面來看，這樣做更有效率，應該會是個不錯的辦法。簡報會議的時間大概會比預定時間要來得長，你們先去準備好三明治之類的輕食吧。」

然而，聽完徐翰烈指示的楊祕書卻保持了沉默。李祕書也是不停留意著他和徐翰烈的神色，閉著嘴不敢發言，雙手在身前使勁交握。

徐翰烈瞪向呆立在眼前的祕書們。

「站在那裡做什麼？就快要十點了，還不趕快去聯絡他們？難道要我來通知嗎？」被徐翰烈加緊催促，李祕書勉為其難地開口：

「……很抱歉，本部長，要通知的那些主管現在還不在位子上。」

「還沒來？為什麼？上班時間都已經過了三十分了。難道從星期一早上就開始集體出外勤嗎？」

李祕書完全答不出話來。她知道徐翰烈是明知故問。任何一個組織的管理者都會按照層級享有不同程度的特權和優待。重點在於他們是否有因此承擔相應的責任。在組織內只想圖謀利益的人等於是組織的吸血蟲，有必要放任這些蟲子繼續越長越大嗎？

「簡報會議開始前把誰出勤誰缺席的名單全部調查出來跟我報告。也一併告訴我不在位子上的那些人是去哪裡了。」

徐翰烈的命令絲毫沒有轉圜餘地，兩位祕書只能乖乖照辦。

✦

「好了，完成造型了。」

睜開眼，完美裝扮好的「演員池建梧」正面對面注視著鏡子裡的白尚熙。興許是太久沒有梳化打扮，他對自己宛如變了一個人的模樣感到分外陌生。

「造型還可以嗎？雖然說是劇本圍讀啦，但最近好像都會趁機拍攝許多宣傳用素材，所以有用心幫你打扮了一下，覺得滿意嗎？」

「很滿意，辛苦妳了。」

「我知道他們是故意的，但竟然要你這張臉穿上神父裝……這麼刺激，就連成年人也招架不住吧？」

參雜玩笑話的稱讚讓白尚熙聽了忍不住低下頭笑了笑。如此好看的笑容就這樣輕易放過實在太可惜了，造型師一臉欣慰，舉起握拳的手來。

「總之，這次也很期待你的新作品喔。我會幫你大肆宣傳，告訴大家這次新戲保證可以讓人大飽眼福。」

「那我這次就靠組長妳了。」語畢，白尚熙從椅子上起身。回應對方釋出的善意和幽默他已是得心應手。與其說是刻意為之，更像是長時間耳濡目染下的一種自然反應。在後面看著這一幕的姜室長直接吐了個舌頭。

「下次見了。」

姜室長點頭道別，白尚熙跟在他身後離開。美容室內的工作人員和客人的視線無一不是追逐著白尚熙的身影，就連演藝圈的老牌男性經紀人們也忍不住要瞄他幾眼。模特兒般的身高，理想中的勻稱身材，再加上輪廓清晰的臉孔，白尚熙完全展現出令人無法忽視的存在感。他甚至在某篇專門訪問攝影師的問卷調查中被選為「本人最貼近畫報形象」的男演員。對如此出眾的他來說，過去半年的空白並沒有造成太大的影響。

白尚熙將那些緊追不放的目光留在身後，上了保母車。甫一就座，他馬上掏出手機來確認徐翰烈的聊天對話訊息。

『**上班還順利嗎？**』

二十多分鐘前發出去的訊息還是未讀狀態。白尚熙看向中控臺上的時間——九點出頭，是還沒到公司嗎？

他馬上在網頁搜尋欄輸入「徐翰烈」，欄位隨即自動跳出「徐翰烈 白尚熙」的相關關鍵詞。光見到相連的姓名，竟然就讓他眉眼嘴角瞬間柔和。他一時忘記本來目的，盯著畫面看了好幾秒才反應過來，按下搜尋鍵。

下一秒，畫面上便出現「企業家徐翰烈」的個人簡介。見到徐翰烈那張面無表情的正式照片，白尚熙不禁一笑。他輕撫了幾下照片中乍看板著一張臉的徐翰烈，接著往下滑。

如他預期的，有幾家財經新聞已經報導了徐翰烈第一天走馬上任的消息。可是不知道為什麼，竟找不到半張他想看的照片。好不容易發現一篇有附圖的新聞，但那張照片也只拍到了徐翰烈座車的車屁股而已。

按照新聞發布的時間來看，確實是準時到公司了。難道發生了什麼事嗎？也有可能是忙著和公司裡的人互相認識也說不定。畢竟是第一天報到，一定有很多事情要花費心神。

雖然是接手家族企業，但對徐翰烈來說應該是個完全陌生的環境。不管是他還是公司裡的人肯定都需要一點時間適應。想到徐翰烈個性本來就比較敏感，白尚熙不禁擔心他是否會因此承受過多壓力。

思及此，他又傳了一句訊息過去。

『**有空時回我。**』

第二則訊息也沒有被讀取。白尚熙考慮著要不要跟楊祕書聯絡看看，卻又搖搖頭，把手機收了回去。他決定要再多等一陣子。

白尚熙努力將注意力轉到平板電腦上。畫面顯示的是待會就要進行排練的新劇本，是一部叫做《以眼還眼（eye for an eye）》的OTT平臺原創作品。

在《以眼還眼》這部戲當中，壞人犯下惡行後都會得到應得的現世報，但施予懲罰的單位並非國家政府，而是由年齡、性別、職業和生活環境迥異的一群人所組成的「執行者」集團所主導。執行者深信他們的行為並不是私人復仇，而是神的定罪。

白尚熙將飾演的角色是執行者的幕後主使者「希在」。他是個從還在襁褓時就被遺棄在教堂的孤兒，具有讀心能力。可是每當他施展這項超能力，總會引發不必要的麻煩，造成旁人的擔憂與敵意。希在於是藏起了自己的這項異能，決定過上離群索居的生活。

沒想到就在某天，希在迎來一個徹底顛覆人生的機會。他讀出了某位虔誠信徒的內心想法，對方因此對他抱有很大的好感，最後將他領養回家，這讓希在的人生擁有一個安定富足的成長過程。

此後希在便憑藉著天生的特殊能力輕鬆地擄獲人心，獲得了不少好處。到後來，他甚至開始懷疑自己是不是受到某種神啟。他盲目相信自己是神揀選的代理人，如同舊約聖經的內容，將惡人定罪是他的使命與責任。

希在最終決定親手驅逐喪失人性的惡魔們。他之所以會走上神職人員之路，不過是錯誤的天選之人思想中的一環罷了。不久後，開始出現了追隨希在的勢力。他們逐漸形成組織，得到「執行者」這個稱號。在他們縝密設計的處決行徑下，社會逐漸產生動盪。

另一方面，警方也在追捕執行者，追捕者正是希在被藏起來的雙胞胎兄弟「希洙」。發生交通事故的希洙一時陷入昏迷，在奇蹟似的甦醒之後，他的身體開始感覺到一些異常現象。腦部因車禍受了傷，從此，不知是在做夢還是單純幻想的記憶碎片開始逐一浮現，充斥著他的腦海。希洙慢慢開始意識到那些殘影是執行者在執行處決的過程。於是希洙便一邊靠著腦中的這些混亂記憶一邊追捕著執行者的行蹤，最後終於和希在相遇。

由於主角希在和希洙是同卵雙胞胎，白尚熙自然需要一人分飾兩角。這在演員生涯中算是很難得的經驗，演起來應該會非常有趣。

而且白尚熙在剛拿到《以眼還眼》的劇本時，就有種新奇感。或許是OTT平臺的戲在題材和呈現方式上幾乎沒有什麼限制的關係，整部戲的劇情發展都不走尋常路。每場戲看起來都緊張刺激，情節精彩，讓人沒辦法放下劇本。

白尚熙難得沒有跳到結局的部分，而是當場從頭讀到尾。他感覺自己在閱讀的當下單純像個一般讀者，而非演員，所有的畫面都在腦海中具體地描繪了出來。這樣的體驗真的是生平第一次發生。

據說這部戲在製作方面下了重本，規模驚人，看來將內容具象化的實行能力應該不會太差。聽聞OTT平臺的主要使用者比較不那麼重視戲劇的合理性或完成度，反而更熱衷追求題材的趣味性和視覺上的刺激。是以，關於收視成績這部分似乎也不太需要擔心。

現在問題出在既有的行程安排上。先是《人鬼》的續集在白尚熙停工期間一直在等他歸隊，還有一些推遲的廣告也在等著他拍，他其實喬不出時間拍別的作品。

但就算是這樣，也還是接了《以眼還眼》這部戲，純粹是出自於私心。準確來說，其實是徐翰烈的私心。

白尚熙復工的消息一傳開，主角未定的作品邀約便像潮水般湧入。幾乎是所有領域、各式各樣的商品廣告提案也蜂擁而至。公司那邊挑選了一些錯過可惜的作品請姜室長轉交，就算沒辦法接也要他至少把劇本看過一遍。白尚熙不得已之下雖然有試著翻閱了幾本，但幾乎清一色都是需要長時間投入和付出大量心血才能完成的作品。

接演的作品遲遲未決，就這樣一天拖過一天。某個早晨，白尚熙準備完早餐，一如往常地去叫徐翰烈起床。徐翰烈卻早已醒來，正坐著在滑平板。

白尚熙斜倚門框，站在那裡直盯著他，他卻看都不看白尚熙一眼。不，應該說他對白尚熙的到來渾然未覺。只見徐翰烈門牙咬著飽滿的下唇，看起來十分專注。白尚熙在門框上輕敲了兩下，故意製造了一點動靜聲。

「早餐弄好了。」

都已經出聲說要吃早餐了，對方的視線卻仍移不開平板。白尚熙走過去坐在床上和他面對面，大大的床墊被他坐得稍微傾斜。他望著仍舊是毫無反應的徐翰烈看了一會，然後朝他傾身過去，唇瓣輕貼在他臉頰。親完之後白尚熙也沒有退開，維持原本姿勢凝望著徐翰烈。

「在幹嘛？」

「這些劇本，你為什麼都不願意好好看一看？」

「反正都是些我沒辦法拍的劇本，我奉行的原則就是，盡量別去碰那些吃不到的東西。」

徐翰烈的目光這時才往白尚熙看去，眼神中混合了隱約的好奇與反駁。他一直對白尚熙太快放棄這件事感到不滿。

「為什麼沒辦法拍？」

「排定的行程已經滿了。」

白尚熙的嘴在徐翰烈的唇上輕巧地按下去，豐厚的唇肉軟綿地被他碾壓，又澎彈地漲了回來。那觸感太過美好，令白尚熙揚起一側嘴角。

「時間很寶貴，我不想把時間都耗費在工作上。」
「身在福中不知福欸，這麼快就忘了你是怎麼爬到這個位置了嗎？」
犀利的批評馬上飛來。白尚熙又笑了，就在他想再親一口那綳著臉的徐翰烈時，平板啪的一聲拍上他額頭。
「接這一部。」
「為什麼？」
「沒有理由不接啊，角色好、故事佳，不是說製作預算也很高嗎？既然砸了大錢，再差也有中等水準吧。」
徐翰烈繼續補充道：
「再怎麼說，這畢竟是單人主演。」
「這樣不會風險更大嗎？雖然成功的話是我一人的功勞，但要是搞砸了，也會全部怪在我頭上。」
「管他成功還失敗，總比當其他人的陪襯好吧？」
徐翰烈不滿地瞪向丟在遠處的某個劇本。那部叫《遊戲》的作品是MBS電視臺確定播映的一齣戲，講述財閥繼承人之間金錢與權力的明爭暗鬥。單看劇本就知道，這部戲保證極具話題性。白尚熙接到的提案是主角的同父異母弟弟「泰賢」，天之驕子的他，與雖是嫡子卻孤苦無依、處境危急的「泰宇」是完全對立的角色。

根據對方說法，除了泰賢以外都已選角完畢。隨便講了幾個演員都是比較有知名度的，非常符合各自的角色。看他們時常釋出相關新聞，拍攝應該是迫在眉睫了。可是編劇作家還是一心屬意要白尚熙來飾演泰賢，因此屢次發來提案邀請。

「那部戲的選角很不錯，有延攬到一些實力派演員。跟在那些厲害的人旁邊，多少可以學到一些東西不是嗎？」

「實力派的有誰？鄭義玄？」

「嗯，他也是實力派的。」

「……看他就不順眼。」

白尚熙一時以為自己聽錯，只見徐翰烈已經不爽地微嘟起下唇來。他不禁對此感到納悶。

「你很瞭解他？他風評滿好的，人氣也高。」

「不一定要多熟識才算瞭解吧？我討厭他裝出一副聖人君子的樣子，好像在這個大染缸裡唯獨他最潔身自愛一樣。」

「看來他實際為人不怎麼樣？反正，對我來說是無所謂。」

「所以你非要和他一起拍那部戲就對了？」

「我哪有這樣說，幹嘛把氣出在無辜的人身上。」

白尚熙無意為那名演員說話，徐翰烈卻仍一臉氣憤地瞪著他。

「老是稱讚你表現得很好，你尾巴就翹起來了是不是？不想在那種像被附身的傢伙旁邊被削弱存在感的話，就放棄那部戲，挑一些以你為主、能夠把你襯托得更加突出的戲來拍。」

白尚熙噗哧笑了出來。講了老半天，結果不是在排斥某位特定演員，是因為知道那個人太會演了才看人家不順眼，怕白尚熙的鋒頭會被他比下去。每當徐翰烈用這種方式展露對自己的偏愛時，白尚熙都覺得他實在是可愛極了。

徐翰烈看著忍不住頻頻竊笑的白尚熙，眉頭皺了起來。

「你笑什麼？」

「我開心啊。」

「……這種事有什麼好開心的。」

「說得也是，但我就開心嘛。」

白尚熙一邊笑，一邊在徐翰烈臉上各個地方啾、啾、啾地全吻過一遍。雖然一副覺得他很煩的樣子，徐翰烈卻沒有主動推開他。白尚熙搔癢般抓撓他下巴，不停在他嘴巴附近輕啄。徐翰烈這才裝作不得已地回親了白尚熙一下，然後視線迅速逃到平板電腦上。儘管再怎麼故作泰然，也掩飾不了那已然變紅的雙耳。

「怎麼每一部好像都沒有愛情線，最近是不流行愛情劇嗎？」

「嗯，感覺你會不喜歡，所以不打算接。」

得到這樣的回答，徐翰烈啞口無言地搖了搖頭。他聽了之後並沒有不高興，甚至好像還偷偷勾了勾嘴角。

接下來的時間，徐翰烈一直神情淡漠地滑動螢幕，繼續讀著劇本。即使白尚熙在他頰側和耳際、脖頸等部位到處搗亂，他的注意力也完全不受影響。

白尚熙只好將就著把徐翰烈的腳拉過來放到自己膝蓋上，從膝窩開始耐心地揉撫，再按摩至小腿肚與纖細的腳踝。不知是不是錯覺，徐翰烈的呼吸聲開始變得異常酣甜。

白尚熙不輕不重反覆按揉著被他一手掌握的踝骨，大掌緩緩揉著摸不到繭的後腳跟和後腳筋。此舉讓徐翰烈默默合攏了膝蓋，白皙的腳趾也微微蜷縮著。白尚熙將他的反應一個不漏地看在眼裡，親吻他光滑的膝蓋。

徐翰烈又拿平板往白尚熙腦門拍去。

「你還是拍這部吧。」

「有這麼有趣？」

「如此完美的池建梧要穿上神父裝呢，當然有趣囉。如果還要用這張臉和這副身材演刑警，那根本不必多說了，大家不為此瘋狂才怪。」

「你是在說你自己嗎？」

徐翰烈並沒有特別否認。他不出聲地看著白尚熙湊過來，然後輕輕垂眸。兩人自然地接了個吻。徐翰烈把手環上白尚熙脖子，咧嘴一笑。

「一定會很好看。」

白尚熙臉上也揚起一個大大的微笑，又在徐翰烈嘴上啄了一口。他反手撫摸徐翰烈臉頰，感覺到微小的靜電，代表他臉上的細毛已經豎起。白尚熙的神情溫柔地鬆弛下來。

「當然，也不看看是誰的眼光，怎麼會差呢？」

低沉的呢喃耳語奇異地撩撥耳膜，徐翰烈臉色變得更加不懷好意。

「順便念一句臺詞來聽聽。」

白尚熙聳聳肩，不囉唆地直起上半身，一手伸至背後抓住上衣，漠然地脫下丟到一旁。雕刻般的肉體毫不保留地裸露在徐翰烈上方，窗外透進來的太陽光凸顯了身材的輪廓。

徐翰烈喉結輕滾，一雙眼睛釘在白尚熙身上沒辦法移動。跪立在他面前的白尚熙故意慢速解開褲頭拉下拉鍊，同時背誦出一小段《以眼還眼》的臺詞：

「我們在天之父啊。」

壓得極低的嗓音不僅迴響在耳邊，更振動了整個身體。徐翰烈因這股奇妙的撼動而合起膝蓋，緊抿著嘴，忐忑不安地凝視白尚熙。

白尚熙修長的手指滑過緊身內褲向下撫摸自己強健的大腿，動作如水般流暢的手輕覆在徐翰烈的膝蓋上。徐翰烈身子不禁哆嗦了起來。

「今日請寬恕我們的罪過，不讓我們陷於誘惑……」

指尖使力，白尚熙按住徐翰烈的膝蓋由下上推，直到大腿。雖不至疼痛，但明顯壓迫著肌膚的力道讓徐翰烈有些喘不過氣。可能是念著臺詞的嗓音帶了點沙啞，或是儼然要撲過來侵犯人的架勢產生了一種墮落頹廢之感。又或許，原因就出在白尚熙本人身上。

徐翰烈笑了一下，隨即又皺起眉頭。對方原本逗留在骨盆附近動作特別慢的手掌毫不猶豫地轉向褲襠，輕柔地連同內褲一起摀住在裡面焦急抽動的性器，眼睛對上徐翰烈的視線。

徐翰烈輕笑，夾起膝蓋箍緊了白尚熙的腰。紅粉色的乳粒從他凌亂的上衣內側露了一半出來。白尚熙的喉結明顯地上下滑動著。

「但救我們免於凶惡。」

「但救我們免於凶惡。」

下個瞬間，兩人同時念出了臺詞。就彷彿是某種信號一般，白尚熙的身體向下傾頹。他的手不帶遲疑地伸進徐翰烈衣服裡，溫柔蹂躪那粉嫩嫩的肉團，同時也一邊緩慢舔拭他胸口清楚露出來的疤痕。他的動作恍如夏娃伸手觸碰禁果那樣，不再有顧忌，深深受到了蠱惑。緊接著，白尚熙揪起翰烈的頭髮向後輕拉，張口含住他自然顯露出的喉結。

「啊！」

徐翰烈禁不住發出一聲輕脆悅耳的驚嘆。白尚熙的舌頭親暱地貼在他登時變得熱燙的皮膚上，仔細撫摸著他偷偷拱起的身體。大掌所到之處皆掀起了熱度，因興奮而發出的呻吟聽了簡直要令人融化。但白尚熙依然不疾不徐，繼續在徐翰烈身上進行甜美的演奏。

「到了。」

猛然響起的提醒讓白尚熙一下子回神。保母車不知不覺間已經停在《以眼還眼》的製作公司停車場。顧著沉浸在昨天的回憶裡，白尚熙完全沒有察覺車已停穩，腦子還像剛從夢中清醒般混沌。

「不愧是名符其實的愛睡蟲啊，現在連睜著眼睛都能睡啦？下車了，小子。」

姜室長不客氣地斥責一句，率先下了車。白尚熙這時才嗤地失笑，無奈搖頭。他一跟著下車，匯聚在鼠蹊部的酥麻感便模糊地擴散開。幸好有及時回到現實來，否則恐怕真的就要出糗了。更別說還是在復工第一天、特別受到來自周圍關注的這種時刻。白尚熙忍不住在心裡嘲笑自己真的是病得不輕。

「歡迎池建梧先生，我們都在等你呢。」

白尚熙剛下車就受到製作公司工作人員的熱情迎接，似乎還提早到外面等候他到來。他簡單打過招呼，在工作人員帶領下進入大樓裡。

「來的路上都還順利吧？」

「是的。」

「那我帶你到二樓會議室吧，導演和編劇已經來了，正在裡面等你。」

兩人並列乘坐電梯上了二樓。工作人員一路上都在表達著他對這次作品的期待之意，面對陌生人的應對能力大概算是他的專業技能。但白尚熙也不遑多讓，他才適度回應了幾句，還沒來得及出現冷場，就抵達了見面的場地。

工作人員輕輕敲了敲門，馬上獲准進入。

「池建梧先生到了。」

「喔，池建梧先生，歡迎你。」

《以眼還眼》的導演李亨仁從位子上站了起來。給人敦厚隨和印象的他在驚悚類題材嶄露頭角，並以快節奏的精細情節及戲劇性的場面調度能力而聞名。

在劇本圍讀前，演員通常會和導演及製作公司進行一些事前會議。但白尚熙休息了很長的時間，李導演也一直都在國外，直到最近才回來。兩人沒有機會事先見面，因此今天就成了他們初次會面的場合。白尚熙先向導演鞠躬問好：

「初次見面，我是池建梧。」

「很高興見到你。」

李導演親自走過來和白尚熙握手，白尚熙二話不說地回握了一下才放開。

「你演的戲我都看了，非常有趣。我老是被你那種非典型的演技所吸引，感覺就像你平時的樣貌那樣自然，有種不矯揉造作的原始率性呢。所以我才說，以後有機會的話，一定要和你合作看看。」

「真的就只有這個理由？不是還想用攝影機，把池建梧整個人完完整整地保存下來嗎？您本來就喜歡好看的東西嘛。」

李導演身旁的尹作家悄悄插嘴。李導演大笑，抱怨說：「妳怎麼可以這樣直接揭穿我。」白尚熙也趁機和尹作家用眼神相互打招呼。

「認識一下吧，這位是我們的編劇作家。」

「妳好，妳的劇本真的很讓人印象深刻。」

「就算是客套話也還是謝謝你的稱讚，你好，我叫尹嘉嵐。」

「我是池建梧。不過，我一般是不怎麼說客套話的。」

白尚熙帶著意味深長的笑補充道。他眼神散發出溫柔，乍看像是浸溺在某種回憶之中。不知前因後果的導演和編劇互看著彼此，疑惑歪頭，後來才笑笑地配合他的話。

「是說，好像在工作人員們口耳相傳之下，消息走漏出去，外界反應已經很熱烈了。聽到你竟然要演神職人員，大家都說，光是欣賞你帥氣的臉蛋就夠了。」

「是這樣嗎？」

「嗯嗯，說實話，要不是你，還有誰能夠撐起這個角色，你都不知道我們之前有多煩惱。」

「看來我得好好表現才行了。」

「話是這麼說啦，但你也不用給自己太大壓力喔，知道嗎？」

在他們互相認識的這段期間，其他主角配角演員也陸續到達現場。會議室轉眼鬧哄哄了起來。等到所有人都就座，已是超過預定時間二十分鐘之後的事了。

製作公司的宣傳團隊帶了好幾臺拍攝器具來拍攝劇本圍讀的現場，尤其針對白尚熙，毫無遺漏地記錄了他的各種樣貌。白尚熙每次開口，或只是靜靜看著劇本，總會響起猛烈的快門聲。

排練期間，所有演員就如同實際拍攝一樣認真演戲。原本只存在二次元的平面人物於是一個個活了過來，開始有了呼吸。和獨自念臺詞練習的時候相比，情感的表達也更為清晰生動。練習到緊張的場面時，白尚熙甚至連手心都出了汗。

向來平緩的脈搏出現了不規則的躍動，這是代表好心情的一種徵兆。

徐翰烈來到預定吃午餐的一家中餐廳。他參加完由各部門部長所主持的業務報告和待決議題的簡報會議，在接近約定時間時趕到了這裡。由於他當場展開了問題攻勢，原本排定一小時的簡報會議一直到了午餐時間才結束。

報告時準備的那些資料看來是在新年開工儀式上就已經使用過的，去年交出的成績馬馬虎虎，公司面臨的問題或業務計畫更是不切實際。當他問及收益增長趨勢急遽放緩的原因時，得到的答案是「業務陷入停滯狀態」這種不負責任的回答。聽到這裡，徐翰烈已經開始感到好奇，倒想看看至今引領著日迅人壽的高階主管到底都是哪些貨色。

他拉起袖子確認時間。已經十二點十分了，卻沒有半個人出現在餐廳裡，也沒任何人通知說會晚到。

徐翰烈食指敲著桌面，茫然瞪著空無一物的牆壁，臉上沒有任何表情。只有楊祕書在包廂內外進進出出，為了聯絡那些沒來的主管而忙碌。

「楊祕書，你怎麼看這件事？」

正想再出去打通電話，徐翰烈冷不防拋出的問題阻止了他的腳步。只見徐翰烈的視線依舊朝向空蕩蕩的牆面。

「您指的是……」

「這些老人，是在集體給我下馬威的意思嗎？」

「怎麼會呢，他們有說是因為塞車所以會晚一點到。」

「難道我是因為路上都沒車才這麼早到的？」

徐翰烈斜勾起一側嘴角回頭看向楊祕書，目光閃著詭異的光芒。看來先前在簡報會議上累積的怒氣已逐漸來到臨界點。楊祕書實在無法再幫那批人說好話，選擇閉上了嘴。

時間就這樣一分一秒地流逝，等到開始聽見門外一陣熱鬧聲傳來時，已經又過了三十幾分鐘。包廂外很快響起幾下規律的敲門聲，楊祕書立刻應門。負責包廂服務的服務生率先入內，恭敬頷首。

「不好意思打擾，貴賓們到了。」

徐翰烈坐在原位一動也不動，僅歪著脖子回過頭注視著門口。服務生離開後，一群男人吵吵鬧鬧地走進房間，也不管有人在等待，只顧著繼續聊他們尚未結束的話題，還一邊發出大笑。乍聽之下，這些人似乎是去打了高爾夫賭球後才來的。每個人都散發著相同的洗髮精味道，絕對錯不了。

副社長朴成近裝出一副後知後覺發現徐翰烈存在的模樣：

「哎唷，徐本部長，來得這麼早？」

徐翰烈雖然屬於年紀最小的兒子輩沒錯，但這裡算是正式場合，朴成近的態度是不符合身分規矩的。但其他理事們卻也跟著裝蒜，用「就是說啊」來附和。徐翰烈嗤笑了下，撇頭示意牆上的時鐘。

「不是我來得早，是理事們來晚了。」

「哎呀，一心想著要加快腳步的，結果還是遲到了，年紀大了就是這樣，做什麼事情都快不起來，還請年輕人多多包涵。」

這次換金仁泰專務拿年齡當擋箭牌，要求徐翰烈諒解。其他主管也跟著你一言我一語地抱怨「人老了果然不中用」、「青春就是本錢」、「老了身體全是毛病」、「做事百般不便」之類的。每個都笑得像個老油條，用蛇一樣的眼睛上下打量徐翰烈。

副社長朴成近、專務金仁泰、常務崔孝鍾，聽說以這三人為首的小團體掌握了公司的實權。其實也可以這麼說——日迅人壽內部只存在著朴成近派系跟非朴成近派系的人馬。

現任代表理事的上任，只不過是為了填補徐翰烈空缺而臨時任命的一項人事異動。他本來就是徐家外部人士，而且隨時都有下臺的可能，因此大概很難在公司內部發揮多大的影響力。不知道是不是這個因素，今天的午餐他也沒有出席，說不定他根本就沒收到邀請。因為當初安排這個聚餐聽說是朴成近的意思。

靠著長期以來在已辭世的徐會長身邊的耕耘，朴成近先前其實擔任了將近十年的代表理事。但在徐朱媛成為集團總裁後，問題便出現了。徐朱媛甫一升任會長，就以打擊子公司貪腐賄賂之名，開始了大規模的肅清行動。

朴成近也因為私生活問題被抓到了把柄。他之所以未被革職，僅卸下代表理事一職，全憑藉著他過去十年在日迅人壽牢牢打下的基礎。儘管有些腐壞，那些根基依然相當深入核心。假如立刻剷除朴成近和他的派系，失去核心力量的公司肯定會面臨巨大的動盪，也不能就這麼讓外部空降進來的CEO承擔如此重責大任。

當然，這些是在徐翰烈上任之前的情況，如今他已找回屬於自己的位子，從今以後不能再讓這種例外情形發生。

徐翰烈對朴成近還算熟悉，朴成近在金融界工作的時期曾負責管理祖父一部分的財產，是祖父忠實的走狗。徐朱媛不擔心徐翰烈的地位會受到威脅，也是出自這個原因。不管怎麼說，朴成近是祖父陣營的人，而徐翰烈將在年內接手代表理事一職是板上釘釘的事實。依朴成近的性格，他重視實際利益大於名分，所以徐朱媛判斷他理當會向徐翰烈低頭，再怎麼樣，至少也不會和年輕的繼承人作對才是。

然而事實真是如此嗎？始終占據了森林之王寶座的老虎一旦消失，必定會由狐狸來取代他的地位，天底下又有哪隻老狐狸會願意對老虎幼崽做小伏低？朴成近始終用上對下的方式在對待徐翰烈，他那種傲慢的態度就是證明。

「那個，你是本部長的祕書嗎？這裡好像是理事們聚餐的場合欸，你是要一直待在這裡？」

崔常務忽然指責楊祕書。其他高階主管人員確實都沒有讓祕書或隨行人員一同出席。

「啊，我是……」

「楊祕書你先出去吧。」

徐翰烈直視著崔常務一邊指示道。楊祕書卻沒有照他的話做，猶豫著：

「可是……」

如果他就這樣聽話地離開，無法確定待會裡面會發生怎樣的情況。徐翰烈這個人的脾氣，才不可能因為那些高階主管有點年紀就對他們卑躬屈膝。要是一來就和那些人挑起對立，只會成為日後經營上的絆腳石，徐朱媛也因此吩咐楊祕書要跟在徐翰烈身旁特別注意。

徐翰烈轉過頭來，定定直視著遲疑不決的楊祕書：

「沒事的。」

他亦朝門口方向撇了個頭，示意楊祕書出去。都到這個地步了，楊祕書也沒辦法再繼續堅持。其他高層都張大了眼睛在看著，他不能一再違抗徐翰烈的意願。

「那我就在外面等，需要的時候請叫我。」

楊祕書明確地表示完便離開了包廂。不久後傳來一陣低沉的敲門聲，原來是餐廳要送準備好的餐點進來。

「為您上個菜。」

「來吧，今天還有一位新理事也在場，拿一瓶我們平常常喝的那個來。」

「好的，馬上為您送來。」

服務生按照順序，首先從粥品開始，依序為他們上了冷盤、蒸籠點心和主餐等一系列套餐料理。高階主管們對其他菜色都興趣缺缺，看到佛跳牆一上桌，立刻吃得滿頭大汗，整碗一掃而空，還一邊大聲讚嘆說這道菜最適合拿來解酒了。徐翰烈雙手交叉在胸前，安靜地坐在位子上，桌上的食物他一樣都沒碰。

金專務一臉可惜地多嘴道：

「噯，本部長怎麼不吃呢？」

「沒什麼胃口。」

「哎唷，你這年紀不是胃口正好的時候嗎？」

「是不是醫生有交代要忌口？聽說動過移植手術，免疫力會變得大不如前啊。」

崔常務幫腔了一句，假裝在為他擔心。其他人的視線於是全都集中到了徐翰烈身上。徐翰烈不以為意地笑了笑。那膚淺又輕率的虛情假意令他感到可笑。

「多虧您還為我擔心，很抱歉要讓您失望了，我身體好得很。現在只是因為……忽然覺得有點倒胃口。」

帶著暗諷的回答讓房內一下子安靜了下來。那些高階主管嘴角掛著乾笑，只有眼球在轉動。氣氛頓時冷卻，空氣中流動著一絲尷尬。

就在這時，忽然有人敲門。微妙的氛圍下，被冷落在一旁的幾名主管同時出聲應門。服務生送了朴成近剛才點的酒進來，是酒精濃度高達四十度的白酒。

「來唷，今天歡喜齊聚一堂，大家都先喝它一杯再說吧。」

朴成近故意起鬨勸酒。徐翰烈仍然交叉手臂，看著他們互相倒酒惺惺作態的模樣。

「哎唷，副社長，讓我先敬您一杯。」

「欸，別這樣，今天贏的人是金專務，我敬一杯先吧。」

「喔，是要恭喜我嗎？那我就心懷感激地接受了。」

「沒錯沒錯，來，曹常務也喝。你原本運動神經不是很差的嗎，怎麼打得越來越好了？」

「跟其他人比起來還差得遠呢，還請多多指點。」

副社長一行人哈哈大笑，拍馬屁的諂媚樣簡直讓人不敢恭維。他們回顧打賭遊戲像在闡述什麼偉大的英雄事蹟，一群人自顧自地喧嘩不停。似乎所有人都把這裡當成是下班聚餐的場合。

朴成近又幫眾人豪邁地添滿了酒杯，然後彷彿出自一片善意，又勸徐翰烈喝酒：

「啊，本部長也喝一杯嘛。」

「等一下馬上就要回公司，上班第一天身上就帶著酒味，會影響下屬觀感。」

金專務感到意外地揚眉：

「哦，還真是沒想到呢。聽到本部長要來，大夥還曾開玩笑說，我們公司是不是以後該建立『預防企業主風險系統』了。」

他語調誇張，說笑般發出驚呼。假如徐翰烈在這時變臉，只會害自己陷入更加難堪的局面。曹常務聽完還微微側頭偽裝咳嗽，嘴角和肩膀一抖一抖的，很明顯是在偷笑。

「別這樣開人家玩笑嘛。本部長現在都三十歲了，應該懂事多了吧。這位以後可是要帶領我們日迅集團的人物耶，怎麼可能像以前一樣莽撞行事？」

朴成近露出一個慈祥的微笑，假意在幫他說話。徐翰烈簡直無言，毫不掩飾地乾笑一聲。儘管嘴角是上揚的，注視著朴成近的眼神裡卻沒有半點溫度。朴成近也不在意，只顧著清空酒杯裡的液體。

「這是一個對自己女兒輩的女性出手，因此被降職的人該說的話嗎，好像不是吧？」

徐翰烈咧著嘴，自言自語般囁嚅。面對意料之外的一擊，朴成近抓著酒杯的手頓了頓，慢慢將杯子放下。他不發一語和徐翰烈對視的眼神陰森，僵硬的面孔充滿無可掩飾的洶洶怒火。雙方之間氣勢抗衡的激流暗湧，使得其他人大氣都不敢喘一聲。

「你現在是想怎樣？」

「我才想問副社長是在打什麼算盤呢。」

一人一句來往之下，對峙的氣氛越是尖銳。看不下去的崔常務擺擺手為兩人緩頰。

「哎，本部長別這樣嘛，今天這樣一個大好日子，在座的所有人全都是為了歡迎本部長才好不容易抽空齊聚的。」

「對啊對啊，公司正逢艱困時期，怎麼可以在這當頭還起內訌呢。應該要團結一致，和睦相處才對嘛。」

金專務趕緊幫忙安撫，也試圖尋求他人附議地環顧著同事們，引導他們開口。

「和睦……」徐翰烈咀嚼他的用詞：

「公司同事們之間感情和睦要做什麼？難道我們現在是出來郊遊的嗎？」

「噯，本部長講話怎麼這麼具攻擊性呢？我們只是希望大家好好相處而已，總比在同一間公司裡搞小團體互相扯後腿好吧？」

「那你們為何要排擠具代表？」

「具代表那個人本來就死腦筋……」

「難道不是因為從他身上得不到好處的關係嗎？」

徐翰烈屢屢發難，大多數的人莫名開始清喉嚨或迴避視線。徐翰烈逐一將這些人卑鄙的嘴臉深深看進眼裡。

「今天是剛好集體塞車所以晚到了……那平常有準時上班嗎？我想說既然要和各位見面打招呼，那就在簡報會議上相見，所以請祕書室那邊聯絡你們，為什麼所有同事都說不知道你們什麼時候進公司？」

不知該說什麼的金專務結結巴巴地辯解：

「那個是、是年紀大了以後，早上會起得比較晚。」

「那晚上是不是也很早睡？眼睛都還看得清楚吧？」

「我說你啊，徐本部長！」

「早上爬不起來的話，應該待在家裡就好，而不是一個個來公司占著位置。」

徐翰烈的當頭棒喝讓氣氛頓時降至冰點。充滿敵意的目光一下子集中朝他射來，但他卻無半分退縮之意。

「我很好奇，連眼皮都已經無力下垂的人，是怎麼有辦法揮高爾夫球桿的。」

「徐本部長，不要仗勢著年紀輕就這樣膽大妄為，請你分辨清楚有些話可以說，有些話是不能說的。你以為我們是開開心心地出去玩嗎？這次的高爾夫球敘可是邀請到協會會長出席的。難道你以為我們會願意連週末都要出去應酬？商業生態一天天在變化，光待在辦公室是不夠的。」

「所以您為公司爭取到什麼了？」

所有人面對接續的問題都沒有辦法回答，像是啞口無言。

「應該，」徐翰烈繼續鍥而不捨地追問：

「不至於空手而返吧？」

「話不是這樣講的，應酬這種事哪會馬上得到什麼明確的成果。你明明也心知肚明，怎麼說出這麼孩子氣的話呢？」

「孩子氣？你們花公司的錢招待別人，還用掉寶貴的時間，所以才期許能從中獲取一點點回報，難道這個叫孩子氣？」

「本部長，請您別再說了。」

崔常務再次勸阻徐翰烈，徐翰烈卻沒有因此停手。

「我來這裡不是為了和各位增進感情的，上午聽取了之前的工作內容報告，覺得非常荒謬。」

「您到底是看到了什麼？說來聽聽吧。」

話至此，金專務也開始覺得委屈了，憤然拍桌抗議。徐翰烈倒是樂意為他解答：

「國內的大型人壽保險公司當中，只有我們日迅的營業利潤連續兩年明顯衰退。理由是什麼？」

「衰退的原因有很多啊，而且整個行業都處於低迷的狀態……」

「您好像沒有理解我的問題，要拿行業景氣當藉口的話，其他公司應該也要和我們面臨差不多的情況才對，可是不是這樣啊。我比較了一下日迅和其他大型人壽保險公司的差異，有一項顯而易見的差距——變額保險的虧損太大了。十年前不考量利息風險，過度地銷售儲蓄型保單，這份『功勞』要算在哪個人頭上？」

包廂內的人一個個朝朴成近看過去。他是徐翰烈祖父不管周圍反對而僱用提拔的銀行界人士。朴成近進入公司後便碰到了高利率時代，於是他大量開發和銷售多種儲蓄型商品，取得了令人刮目相看的業績。曾經是外部人士的朴成近鞏固了自身在公司的地位，並能夠擴大自己的勢力至今，純粹是因為這個原因。

關鍵在於，利率是會變動的。想要提供過去承諾客戶的利益，那就必須創造出更大的收益來，這在最近的低利率時代並不是一件容易的事。在誰也不敢貿然開口的狀況下，金專務挺身為朴成近辯護：

「要是能夠預測未來變化，那就是神，而不是人了。我們也正在努力轉虧為盈，近期內就會達成目標的，您可以不用那麼擔心……」

「您覺得真的有辦法轉虧為盈嗎？我不這麼認為。」

徐翰烈打斷金專務的話如此斷定道。以後會好轉起來的、不用擔心，這是過於安逸和不負責任的言詞，更不是領導一家企業的高階主管該說的話。他完全沒有考慮到公司目前面臨的問題，等於是在自我催眠。情況並沒有那麼樂觀。

「各位應該都知道保險業即將適用新的國際財務報導準則吧？」

「當然知道啊，這裡有誰不曉得這件事的。剛好我們這次和協會會長見面，就有針對這個問題進行了深度的談話。」

金專務自信滿滿地回答。這下為一整個週末愉快的小白球找到了藉口，連聲音都有了底氣。徐翰烈看著他，譏諷一笑。

「所以？那位協會會長有特地為我們公司提出解決方案了嗎？」

「不是，誰說應酬一定要得到什麼實質效益才行？光是商討建設性的未來也是很有意義的啊。」

「意思就是白費工了，而且還白花了公司的錢。」

「本部長又不是不明白這種事情，怎麼老是……」

「在座很明白這種事的各位，也請別再拿明顯是藉口的理由來推託，我們來討論一點建設性的話題吧。如果遵循新的國際財務報導準則，我們日迅人壽的負債率勢必會大幅增加對吧？評價負債的基準將會由成本改為市價，過去儲蓄性商品擔保的利率也和現在有很大的差異。等於說……雖然看上去銷售額很高，淨利卻越來越少，毫無實質性效益。不過，聽說在場的各位都為了我們日迅奉獻了大半輩子，所以我很想知道各位對於這個問題有何因應之道。結果，看來是我期待太高了。」

不管是哪個群體，當須採用新的法規和尺度時，必然會產生混亂，保險界即將引用新的國際財務報導準則便是如此。為了減緩保險業受到的衝擊，政府早在幾年前就提前發出了通知，並延緩了實施日期。然而，也不能無限期延宕下去，否則將跟不上世界趨勢，因此宣告了兩年的寬限期。

人壽保險無疑是被歸類在金融業。因此，在評估企業價值時，財務的健全度是最重要的。假如負債增加，財務健全性就會受到威脅，公司的信用度也會跟著下降。如果適用了新的國際財務報導準則，公司今後要向客戶提供的潛在收益就全部要被列入負債之中。為此，在適用新制度之前，透過擴大資本來降低負債率，是所有人壽保險公司共同的課題。

日迅人壽對此的應對方式並不完善。因過去一味盲目地銷售儲蓄型商品，負債比起其他公司要來得多，但又沒有制定實際的策略來彌補這個損失，也沒有提出可以創造新利潤的獲利模式。照這樣發展下去，別說要增加營業利潤了，甚至還得擔心資本被侵蝕的可能。

徐翰烈環視著那些背部向後靠、沉默不語的高階主管們。

「到底都在做什麼……」

「本部長，到此為止吧。就算是徐家的人，我們的容忍也是有限度的。」

朴成近語氣嚴厲地告誡徐翰烈。不料徐翰烈卻回他說：「還沒完呢，」絲毫不退卻：

「到處都在討論，國內外的科技巨頭以大型系統平臺為跳板，開始覬覦起金融市場，想必各位已經早有準備了？該不會打算直接夾起尾巴示弱吧？我還以為我們公司僅有的那個應用程式是在測驗耐心指數呢。」

主管人員們頓時氣得鼻孔冒煙，卻沒有一個人敢開口。要是真的理直氣壯站得住腳，恐怕也不會被逼到這般境地了。徐翰烈掃視著在座所有人，做作地發出「啊」的感嘆：

「要用過APP才會知道對吧？各位知道要怎麼下載APP嗎？」

「你別欺人太甚，徐本部長！你這麼做的用意到底是什麼！是想跟我們槓上嗎？」

憤怒的朴成近重重拍桌，酒杯裡的酒被震得溢了出來，碗盤也鏗鏘作響。面對一觸即發的情況，徐翰烈眼睛卻一眨也不眨。

「覺得委屈的話就請拿出成果來。讓你們待在公司裡不是為了平白給你們儲備養老金的，既然是高階主管，就要有一點主管的責任感，請你們別讓日迅的名字蒙羞。」

徐翰烈自始至終只顧著講自己想講的話，講完便從座位上起身離席。他猛一開門走出去，楊祕書立刻上前詢問狀況，也越過徐翰烈肩頭擔憂地望著包廂內部的情形。徐翰烈對於他的詢問置若罔聞，直接離開了餐廳。

被留下來的高階主管們直眉瞪眼，只能連連發出不敢置信的咋舌聲。

SUGAR

슈가 데이즈 Sugar Days

# 02

## Begin Again (2)

SUGAR DAYS

DAYS

《以眼還眼》的劇本圍讀結束後，白尚熙馬上移動到另一個攝影棚，準備拍攝畫報以及復工的採訪工作。由於時間緊湊，他一邊接受梳妝一邊聽取這次的拍攝概念。編輯向他展示了一些可以作為參考的圖像來說明今天的主題。

白尚熙雖然一邊給予回應，注意力卻一直放在他的手機上。他從結束排練之後一直是這個狀態，因為徐翰烈完全沒有讀取他的訊息。白尚熙在來攝影棚的路上也曾撥打過電話，但始終無法接通。發生了什麼事嗎？他不免開始擔心了起來。

「是在等誰聯絡你嗎？」

忽然冒出來的聲音讓白尚熙看向前方，對上鏡中化妝室工作人員的視線。

「看你從來這裡之後就一直在盯著手機。」

「啊……因為會想要隨時掌握他的動態，不知道他飯吃了沒，玩得開不開心，有沒有哪裡不舒服。」白尚熙說著一邊偷笑，視線再次朝手機看去。

工作人員一點也不驚訝，只回說：「原來有養貓咪是嗎？」白尚熙臉上的笑容更深了，不知想起什麼，溫柔地瞇起了雙眼。

「雖然不是貓咪，但脾氣倔強又可愛的這一點很相似。」

「哦，那是雪貂之類的嗎？把牠留在家自己出門一定很擔心吧。不然可以裝個家用監控攝影機呀？至少能看得到牠的情況，也會比較放心。」

「要是這麼做的話，他會翻臉的。他雖然很需要被關注，但也不喜歡我一直去煩他。」

「這樣啊……看來是個怕孤單的小傢伙呢。有人幫忙照顧嗎？很不放心的話，稍微通個電話沒關係的。」

聽完工作人員的這番好意，白尚熙將視線轉向一旁，和鏡中表情難看的姜室長四目相交。姜室長對他搖頭，發出無聲的警告。他從早上開始就一直看著白尚熙因聯絡不上徐翰烈而露出焦躁難耐的樣子，就算用「沒消息就是好消息」來安撫也沒用。電話打不通是最好，要是不幸接通的話，工作人員一定會發現白尚熙惦念的對象根本不是寵物。他們眼睛看到的，和耳朵聽見的，都很容易成為所謂「相關人士」的爆料內容。所以，從一開始就不要提供閒言碎語的素材才是正確的作法。

「啊，那稍等我一下。」

結果白尚熙還是無視姜室長懇切的呼籲，當場撥出電話。姜室長被他嚇了一跳，猶豫著要不要出面阻止，最後還是放棄。畢竟在場的工作人員正眾目睽睽地看著。或許是太過在意，白尚熙手機裡傳出的回鈴音就像在姜室長耳邊迴響。眼前這個當下，姜室長僅能夠使出這招手段了：

「啊哈哈，我有點急事要和建梧說，不好意思，能麻煩暫時離開一下嗎……」

「喔，好的。」

化妝室的工作人員相互使了個眼色後便一同迴避開來。偏偏在他們離開前，電話就已經接通。

「楊祕書，是我。因為一直聯絡不上翰烈，所以才打電話給你。」

白尚熙一提到徐翰烈的名字，工作人員紛紛交換一個微妙的眼神。還能聽到有人在竊竊私語，帶著懷疑複述著「翰烈」兩個字。

姜室長剛關上門就來到白尚熙身後，臉帶凶狠地朝通話中的白尚熙提出抗議。而白尚熙只是挑挑眉毛，一副「有什麼問題嗎？」的表情，根本從一開始就沒有打算要隱瞞。

「喔，這樣啊？午餐呢？」

得知徐翰烈消息的白尚熙把頭歪向一邊並揉著太陽穴。這是他在煩惱事情時的習慣動作。

「怎麼又生氣了……好吧，我知道了。請幫我跟他說有空的話看一下訊息，還有別太勉強自己。」

姜室長在他身後揮著手臂要他快點掛電話，然後一等通話結束就開始瘋狂念他。怕聲音會傳到外面去，還盡可能壓低了音量。

「喂！池建梧，你真的耳根子超硬的是不是？我不是叫你要小心了嘛！」

「小心什麼？」

「你才跟他分開多久而已，有必要這樣嗎？徐代表又不是什麼小孩子，你也不是把他一個人丟在家裡，幹嘛要這麼小題大作啦。」

「這樣是小題大作嗎？」

白尚熙像是真的不懂，滿臉的理直氣壯。姜室長被他這種淡定的態度氣得滿肚子火卻又無法大聲發洩，只好用拳頭猛搥自己無辜的胸膛。

「他倒在我懷裡的那天，至今還不滿一年，我差點永遠失去他的事，其實才剛發生沒多久。」

白尚熙低頭看著自己的雙手，茫然地喃喃道。直到剛才都還氣呼呼的姜室長微妙地皺起了臉來。

「姜室長，我到現在晚上還是不太敢睡覺，生怕一睡下去就和他天人永隔。早上一起來，也一定會先確認他的心跳聲。」

姜室長沒辦法作出任何反應，一下子變得支支吾吾。其實也是因為白尚熙一直以來從未表露過這些痛苦。他就像是已經克服了一切難關，時常面帶笑容，讓人以為他從此過著幸福無比的生活。但這是不可能的，不可能這麼簡單就沒事了。

白尚熙的目光再度和鏡子裡的姜室長交會。

「這樣還算是小題大作嗎？」

聽到這裡，姜室長已不忍心再說他什麼。徐翰烈及時找到了捐贈者，移植手術也順利結束，至今也沒有出現什麼排斥反應。縱然如此，還是很難保證他能健康無虞地度過一生。

大家都表現得像是徐翰烈已經完全康復了，再也不會發生之前那樣的危險了。徐翰烈自己也希望所有人都能平常心對待他。但是這對白尚熙來說，似乎還是太困難了，畢竟是有生以來第一次差點失去他全心全意渴求之人，會有這種反應也不是沒有道理。

「只是因為他不想要活得像個病人，我才這樣盡量地配合他，沒有別的原因了。說實話，我們如果還是像以前那樣相處的話，那有什麼意義？」

面對白尚熙訴說的苦衷，姜室長緊閉著嘴沒回話。他說得沒錯，徐翰烈要是不在了，演員池建梧的演藝生涯大概也就此劃下句點。就算全世界都遺忘徐翰烈，對於他的空缺漸漸感到麻木，接受了他離開的事實，唯有白尚熙絕對沒辦法這麼做。

往後的人生難道能一路順遂下去嗎？假如徐翰烈又再發生了什麼事，白尚熙鐵定會毫不猶豫地放棄他擁有的一切。事實上，這個世界除了徐翰烈之外，沒有什麼能成為白尚熙生命中的留戀或熱愛。

姜室長內心泛起一陣酸苦。他神經質地抓著後腦杓，回到沙發癱坐在位子上。本來就很頭痛了，現在甚至心緒也開始紛亂。他不斷地抹著臉，不知道搓得有多大力，整張臉馬上紅了起來。

這時外頭傳來敲門聲。姜室長應了聲是，方才暫時迴避的工作人員們探頭進來。

「講完電話了？現在可以進去了嗎？」

「可以。」

白尚熙一掃剛才的嚴肅，溫和笑著道了聲謝。工作人員們也笑笑地表示沒什麼。繼續確認完造型之後，白尚熙站到全身鏡前。故意弄得蓬鬆的長瀏海不僅蓋住額頭和眉毛，還威脅到了眼睛。白色棉褲上方是一件低領針織衫，露出了修長的脖頸和清晰的鎖骨。比起挺拔有型的姿態，這樣的造型更顯得年輕又慵懶。

「好了，請出去吧。」

白尚熙在工作人員的指示下走出化妝室。等在外面的攝影師和編輯輪流打量著白尚熙，兩人低沉的讚嘆聲很快地轉為滿意的笑。編輯踩著滿懷信心的腳步走向白尚熙。

「不愧是池建梧先生，我們的等待果然是值得的。」

「還滿意嗎？」

「何止是滿意啊，簡直太讚了。那就照剛才提過的，今天的畫報將以池建梧先生拍攝過的作品為主題，透過《引力》、《按照神的旨意》、《人鬼》等戲劇來表現池建梧先生所展示過的多重人物面向。」

「我瞭解了。」

「好，那就從《引力》的俊英開始吧，先坐在那張椅子上試著表現看看。」

白尚熙聽從編輯的要求坐在準備好的椅子上。隨後，團隊人員在他周遭放了三隻貓咪出來。牠們是有事先告知過會在這次拍攝登場的模特兒助手。

貓咪們在相機燈光還有這麼多人面前都沒有怯場，似乎已經很習慣被拍了。有一隻一直在椅子周圍繞來繞去，另一隻早早就趴在白尚熙腳邊，剩下那隻則是挺挺地坐著，仰頭直盯著白尚熙。白尚熙不說話地低頭看著那隻貓，默默伸出了手。手指頭輕輕碰到又細又長的鬍鬚，感覺有點癢。

「來，不用太在意這些小貓咪，請看向鏡頭。」

白尚熙遵從指示，上身放鬆地向前傾，兩隻手也輕鬆交扣。他維持著這個姿態，只抬起眼睛盯著相機的鏡頭。眼神雖然空虛麻木，卻又平白帶著一絲叛逆。在他乾燥的臉龐上，可以感受到昔日的憂鬱和孤立、疏離，再加上一種質樸的純真感。攝影師連聲讚好，不斷鼓勵著白尚熙。才沒一下子，演員池建梧就已經消失，變成「俊英」坐在那裡。

拍攝中途，某隻貓咪跳上白尚熙的背。一眨眼的功夫，那隻貓就已經坐在他肩膀上，用前腳戳著他的臉。白尚熙只是瞥了那隻貓咪一眼，並沒有太過在意。同一時間，另一隻貓咪從白尚熙兩腿之間悠悠走過，輕盈地晃著尾巴。而乖巧併攏著前腳、盯著白尚熙的那隻貓也歪著頭，對他表現出了極大的興趣。

看起來像是白尚熙專注於拍攝而忽略了貓咪們，反而激起牠們的好奇心。對方越是冷淡，牠們就越主動貼過來的那副模樣，完全就跟徐翰烈一個樣。那弱不禁風的挑釁和攻擊，怎麼看都可愛到不行。白尚熙不由自主露出了淺笑，相機快門同時開始不停啟動。

✦

徐翰烈將手放在眼皮上方按壓痠澀的眼睛。一整天盯著螢幕沒休息，感覺腦袋沉重，連眼壓都上升了。他暫時向後仰靠在頸墊上，脖子和肩膀隨之放鬆，令他忍不住吁出一聲長嘆。

不知過了多久，門外響起敲門聲。徐翰烈睜開眼注視著門口，沒有開口答應要讓人進來。可是門還是開了，完全在料想之外的某個人走進視野當中。原先一臉疲憊的徐翰烈眼睛微微張大。

白尚熙衝著十分困惑的徐翰烈淺淺微笑，然後小聲關上門走進辦公室，隨意地坐在沙發扶手上。

「你怎麼來了？」

「想說和你一起回家。」

「你怎麼知道我還在這裡？」

「你一整天都不看訊息，打你手機一直關機，我沒有辦法，只好跟楊祕書聯絡了。」

暗中抱怨的話吐露出了隱約的失落情緒。徐翰烈感到無言，發出「哈」的乾笑，舌頭「嘖」了一聲：

「你們兩人背著我是聯絡得多頻繁啊？我到底是請了一個祕書，還是請了一個間諜。」

隨之而來的嘟囔聽得白尚熙噗哧一笑。他展露的笑容略微帶著疲勞感。一大早就開始忙著劇本圍讀、畫報拍攝，甚至還去拍了廣告，會感到疲憊也是應該的。儘管卸了妝，他那立體的五官、乾乾淨淨的膚質，以及凌亂得很有型的頭髮全數映入徐翰烈的眼裡。

徐翰烈緩緩轉動著瞳孔在白尚熙臉上掃描了一圈，視線便回到了螢幕上。從進門到現在，白尚熙筆直的目光完全沒有從徐翰烈身上移開過。

「還要很久嗎？」

「沒完沒了。如果能乾脆裝沒看到也就算了，一旦去挖那些特別礙眼的部分，才發現問題一個接著一個冒出來。實在很佩服公司這樣竟然也能繼續運作。」

「第一天上班就充滿幹勁啊。」

「我在來之前也想說要適度地打混，可是那些老屁股都仗著年紀大就在公司作威作福的，為了要把我馴服成他們想要的樣子在那邊找碴。」

白尚熙看著氣憤的徐翰烈不禁笑了起來。忽然想起了學生時代每次見到他，他總是一副氣噗噗的樣子。

「你的個性還是老樣子。」

徐翰烈頓時激動道：「你笑我？」白尚熙抬高眉毛佯裝沒這回事。恰巧最近他也時常在想，假如當年自己一開始就乖乖向徐翰烈屈服的話，徐翰烈就只會沉浸在一時的勝利當中，恐怕之後就不會再投注無謂的熱情在自己身上了。

對於從出生起就理所當然地凌駕他人之上、想要什麼就爭取過來的徐翰烈來說，沒有什麼存在能比一個無法輕易征服的目標要來得刺激。

白尚熙慢慢起身朝徐翰烈的辦公桌走近。徐翰烈原本面色不善地瞪著白尚熙，一看他走過來，刻意把頭轉向了螢幕。白尚熙不知道是不是他的錯覺，兩人距離越是拉近，徐翰烈轉動滑鼠滾輪的動作越是緩慢。待他來到椅子後方站定時，徐翰烈的手幾乎是停下了動作。

「聽說你連午飯都沒吃？」

「是楊祕書說的？」

「那個不是重點吧？」

「看著那些粗魯人的臉怎麼吃得下東西呢。就算硬塞食物下去也只會消化不良而已。」

「你自己一個人的時候多少吃一點嘛，每天都要吃藥的人怎麼可以空著肚子。」

「我說過了，不要把我當病人。」

徐翰烈用充滿反感的眼神回頭看向白尚熙。白尚熙馬上乾脆地答說：「知道了。」然後從後面的衣架上拿起徐翰烈的外套掛在自己手臂上。沒想到他下一刻忽然從徐翰烈身後伸出胳膊，一把摟住椅子上的人。後腦杓猛然抵上一塊厚實的胸膛，讓徐翰烈不自覺地屏住呼吸。

白尚熙輕輕握住他抓著滑鼠的那隻手臂，往前拂過手腕，然後完全覆蓋在手背上。手掌重疊之下的滑鼠在移動，把螢幕上的視窗和文件一個個關閉。最後也不忘將電腦電源一併關掉。

「別再弄了，我們走吧。雖然難得能夠看到你燃起幹勁、投入在工作中的樣子是很性感很不錯，但從第一天就這麼勉強自己，我實在看不下去。」

「你一個外部人士還這麼隨心所欲，你這明顯是在妨礙業務喔。」

「我今天並不是什麼外部人士。」

「不然咧？你什麼時候開始在這裡上班了？」

徐翰烈半是調笑地盤問他。霎時間，那張椅子被白尚熙抓住扶手轉向後方。徐翰烈都還來不及反應，就已經和白尚熙正面相對。

白尚熙扣住椅子兩側的扶手阻斷徐翰烈的退路，靜靜地俯視著他。徐翰烈臉色變得很不高興。

「我是你的監護人。」白尚熙說。

徐翰烈看似氣得蹙起眉頭，但沒隔幾秒，他就抓住白尚熙的衣領把人扯了下來。與激烈的動作相反，兩人的嘴唇十分輕柔地交纏在一起。伴隨著吸吮聲，滑軟的舌頭互相接觸搓揉，同時呼吸也變得不再順暢。

白尚熙搔癢般地撫摸徐翰烈的手肘，將他飽滿的下唇連同舌頭一起含進嘴裡拉扯，讓雙方的舌不斷甜蜜地交融。他也偏過頭，細細舔拭徐翰烈上嘴唇的內側黏膜。徐翰烈被他刺激得發癢，「嗯——」呻吟著，脖子和肩膀都縮了起來，臉頰上的寒毛也直直豎起。

白尚熙斜斜咧嘴笑了，大拇指指腹在徐翰烈臉頰摩挲，同時不斷親吻他上唇尖和人中。徐翰烈跟著笑了出來，暗中將白尚熙往自己的方向拉。白尚熙的吻盡情地朝他澆灌而下。

夜色已深，安靜的辦公室裡只間或傳來舌與舌相互甜滋滋攪弄的聲音。

白尚熙進了辦公室之後，過了許久，辦公室的門才被打開。獨自守在祕書室的楊祕書立刻起身。率先出現的人是白尚熙，徐翰烈被他抓著手走了出來。楊祕書的視線一接觸到兩人牽緊緊的手，旋即眼神微妙地看向徐翰烈。

「現在要回去了嗎？」

「對，楊祕書也下班吧。」

「我送您回去。」

楊祕書正打算趕緊跟著兩人離開，卻被白尚熙委婉拒絕。

「我們回去的路上想順便去外面走走或吃點東西，他都一整天沒吃飯了。」

楊祕書恍然地「啊」了一聲，便望向徐翰烈想確認他的意思，徐翰烈卻沒有給予半點回覆。對於白尚熙暗示兩人要去深夜約會的發言，他既不否認也不承認，就只是默默地站在那，眼神隱約朝旁邊閃躲，迴避著楊祕書的視線。而且嘴唇也抿得很用力，看起來好似這麼做能收斂一點禁不住感到興奮的情緒。

「把本部長安全送回家是我的職責，直到本部長到家之前，我會安靜地跟在後面。」

「不是因為要向徐會長報告的關係？」

一直沒出聲的徐翰烈忽然插了嘴。

「沒有，不是那樣的……」

「你好像是這段時間被徐會長嚴重洗腦了耶，祕書又不是保母。祕書要負責的只有公事領域而已，『他』很顯然是歸屬在我的私人領域範圍內。」

徐翰烈直接用下巴指了下白尚熙一邊補充道。白尚熙也同意他說的話，泰然自若地點著頭。兩人在這種時候就像串通好的一般，配合得天衣無縫。

「別老是害我變成壞上司，這種時候你就假裝勉為其難地直接回家吧。就算跟著我們也沒什麼好東西可以看。」

楊祕書找不到適合的話好答腔，只能看著白尚熙。白尚熙像是他也沒有辦法的樣子，聳了下肩膀。楊祕書最終只好嘆了口氣，交出鑰匙。讓他們兩人單獨出去實在是不放心，還叮嚀說就算再晚到家也要通知他一聲。

「如果到時候還記得的話。」

白尚熙僅留下一個完全不可靠的回答便走出了祕書室。徐翰烈也沒有再說什麼，跟著他一起離開。兩人一次也沒有回頭再多看一眼。

到了電梯前，白尚熙便鬆開手，直接撫上徐翰烈的後腰一把摟住。徐翰烈來回注視著那緊緊纏在自己腰上的手和他的側臉。白尚熙眼睛始終盯著樓層顯示面板，不知原因為何，神情顯得十分愉快。

「心情很好嘛，發生了什麼好事嗎？」

「就，覺得很期待啊。」

「期待什麼？」

「所有的事。」

莫名其妙的回答讓徐翰烈聽了皺眉。白尚熙瞄他一眼，忍不住笑了出來，隨後視線重新回到樓層面板上。

「在遇到你之前，工作一結束我只顧著倒頭呼呼大睡。要是沒有利用零碎時間補眠的話，身體會吃不消的，所以我那時候除了工作就是吃跟睡，其他什麼事情都不管。」

徐翰烈想起了高中時期，那個好不容易來上課卻總是在睡覺的白尚熙。當時他幾乎整堂課都趴在桌上，要是老師們開始囉唆的話，他會馬上走出教室，在運動場的陰影處、體育館的角落、屋頂附近的樓梯間，或是在游泳池，他都可以毫不顧忌地入睡。

一直睡一直睡還是睡不飽嗎？徐翰烈覺得很神奇。腦海裡總是想起那個無論在哪裡都能夠補眠的他。

「……好像是那樣沒錯。」

徐翰烈轉向正面時的眼神有些冷意。神情也在不知不覺間黯淡下來。因為一回想起過往，自己以前對白尚熙求而不得的迫切模樣便接連浮現。

「那時候連思考和煩惱的時間對我來說都是奢侈，我不讓自己生出多餘的念頭，一頭栽進工作，也沒有時間考慮別的事，每天都倒下就直接睡著。然後肚子如果餓了，也不管是什麼就隨便往嘴裡亂塞。」

「你這樣和動物有什麼兩樣。」

「確實，但就算這樣也還是活下來了。」

白尚熙面對這似攻擊卻並非攻擊的指控也沒有露出一絲不悅的神色，還笑了起來。莫非是真的在外面遇到了什麼好事嗎？不然怎麼會是這種反應。

「你這樣拐彎抹角的到底是想說什麼？」

「我想說，今天不也一樣是吃東西填飽肚子，洗完澡就上床睡覺嗎，可是……」

白尚熙拉長了句尾，溫柔抓住徐翰烈的手肘。接著他悄悄一扯，讓徐翰烈變成和自己面對面站立的姿勢。

電梯抵達的提示聲恰好在這時響起。在電梯來之前白尚熙一直看著徐翰烈。他逐一將徐翰烈的雙眼、鼻子和嘴唇裝進自己的眼眸裡，視線徐徐下滑。

「……卻莫名地讓人期待。」

他一邊低語一邊摸著徐翰烈的臉，冷不防向前走近一步。落在徐翰烈身上的眸光帶著深深的著迷，充滿強烈的不真實感。

「最近覺得，連睡覺都很浪費時間。」

白尚熙的臉極其自然地湊了過去，就在嘴唇快要相碰的剎那，徐翰烈向後倒退一步進了電梯。白尚熙也不以為意，不慌不忙地跟著他，進去後只伸長手臂按了地下一樓的按鍵，兩眼仍是牢牢盯著徐翰烈。手一離開按鍵，他立刻大步縮短了兩人的距離，像是猛然間把徐翰烈逼到電梯內的角落。

徐翰烈後背貼上冰冷的牆面，臉上被深色陰影所籠罩，白尚熙身上的香味也濃烈了許多。徐翰烈的喉結小幅度地滾動，手也不自覺在出力。這個當下，他完全無法思考任何事情。

「這裡有二十四小時的監視器，保全管理室有人正在監控。」

徐翰烈抓住最後僅剩的一絲理智警告白尚熙。

「哦，是喔？」

白尚熙根本無所謂，反而雙手抓住徐翰烈身後的扶手，把人圈在自己的面前。對方的氣息噴在臉上，徐翰烈心驚膽跳的程度也來到最大值，呼吸都開始急促。

他不安地觀察白尚熙的臉色，沒幾秒，白尚熙臉上便浮起一個促狹的微笑。分明是有意要捉弄人。

「走開。」

徐翰烈不爽地打了白尚熙肩膀一拳，白尚熙這才笑著退至一旁。被這種小玩笑欺騙，照理說徐翰烈應該要生氣才對，但是被嚇得蜷縮起來的心臟卻不受控制地噗通直跳。難得見到白尚熙笑得如此開心的珍貴畫面，徐翰烈不禁看得移不開眼。

不過，突然意識到自己剛才怯弱的模樣，徐翰烈開始瞪著毫不相干的電梯門出氣。白尚熙驀地伸手，在變得悶悶不樂的徐翰烈後頸摸來摸去。

「對不起啦，是看你可愛才想逗你，忍不住就想欺負你一下。」

也許是因為他的誠實，徐翰烈的氣勢看似有些減弱。白尚熙繼續按揉他的脖子，然後那隻手慢慢滑下去，撫摸著筆直的脊椎。徐翰烈隱約挺起後背，雖然有出聲要白尚熙別再摸了，卻沒有積極阻止他的行為。

電梯這時到達地下停車場，白尚熙停留在徐翰烈後腰的手於是自然地纏在他腰上，直接摟著徐翰烈出了電梯。有監視器在拍的這件事彷彿已不存在一樣。

兩人一上車，白尚熙就傾身過來想要替徐翰烈繫安全帶。徐翰烈躲避他天生英俊的那張臉，轉頭看著窗外。白尚熙拉扯安全帶的手停下動作，凝視著徐翰烈。

對峙的狀態維持了一陣子，徐翰烈陡然蹙眉問他：「幹嘛？」彷彿就在等他開口，白尚熙迅速吻了他一下才繼續把安全帶繫上。然而輪到他自己時，卻是一手轉著方向盤，用剩下的另一隻手隨便扣上安全帶。

暫時停留在排檔桿上的手毫不猶豫地塞進徐翰烈的後腦杓後方，把梳理整齊的頭髮輕輕揉亂，也替他按摩放鬆僵硬了一整天的後頸。微微擴散開的乏力感讓徐翰烈起了雞皮疙瘩，呼吸聲也變得更加順暢自在。

「很累嗎？」

「還好。」

「那我們要不要去哪裡走走？你不是說今天一整天面對那些人，心情很不好嗎？」

「這個時間要去哪裡？」

「有很多地方都是二十四小時不休息的。」

「你又要去之前那家血腸湯店？」

徐翰烈懷疑地瞇起眼。療養期間，徐翰烈獲准可以開始吃一般外食之後，他們也去吃過好幾次，都是徐翰烈要求的。因為每次去那家店吃飯，白尚熙就會跟他分享一些過去的事情。白尚熙也不是刻意要這麼做，只是看徐翰烈每次都聽得很專注仔細，不知不覺就越講越多。

即便如此，徐翰烈竟然猜想自己又要帶他去那裡，連白尚熙都覺得無言。他笑了一聲，輕彈了下徐翰烈的耳垂。

「難道我想和你去的地方就只有那裡嗎？」

一直呆呆看著白尚熙的徐翰烈再次轉頭看窗外。白尚熙的手在他身上引發了小小的靜電反應，從他耳朵上豎立的絨毛可以證明。白尚熙加深了臉上的微笑。

「不然到底是要去哪？」

「先帶你去吃飯。」

「我不怎麼餓。」

「說不定晚一點就餓了啊。」

徐翰烈本來沒講話，聽到白尚熙的回答轉過來看著他，一邊嘴角斜斜地上揚。

「是怕別人不知道你當過牛郎喔，無時無刻都在勾引人。」

「我有嗎？不是你自己想歪？」

「你說大情聖白尚熙特地來接人回家，然後完全不打算做那檔事？我看那連狗都能改掉吃屎了。」

近乎尖酸挖苦的指責讓白尚熙聽了笑出聲來。他的笑沒有半點虛假成分，是真的發自內心的開心。每當發現他這種不常見的一面，徐翰烈都會忍不住盯著他看到出神，一方面也好奇他是否本來就會露出這種笑容，只是不常對自己顯露出來。

不過徐翰烈根本無暇去深思這個問題。白尚熙很快便察覺到他的目光，立刻對他熱情的注視給予回應。他這回依舊毫無保留地將手伸過來蓋在徐翰烈手上，大拇指在手背上摩挲著。

「既然你已經有這種覺悟，那我要把你餵得更飽一點才行了。」

這時兩人乘坐的車子停在某個破舊的小巷子附近。因為沒有附設停車場，白尚熙只能把車停在路邊。車子熄火後，徐翰烈仍不停左顧右盼，想著原來首爾還有這種地方。

鮮少看到有人經過的這條巷子內持續冒出白濛濛的煙霧。帶著醉意的人們三三兩兩，不是聚在一起抽菸，就是腳步踉蹌地從巷子走出來。徐翰烈完全猜不到這裡賣的會是什麼。

白尚熙先下了車，為徐翰烈打開副駕駛座的門。徐翰烈抬頭看著他的眼睛裡寫著懷疑，「下車吧。」白尚熙說。

徐翰烈傻傻下了車，接著馬上皺起臉撇過頭去——巷子裡散發出刺鼻的煙霧，還挾帶一股腥味。白尚熙牽住雙腳彷彿釘在地上不肯動的徐翰烈，把他帶進巷子裡。儘管不時走走停停，徐翰烈卻沒有甩開他的手。

巷子內側一整排都是外觀差不多的店舖，全都在粗糙的烤架上烤著海鮮或肉類。店內非常狹窄，頂多三四個座位而已。

白尚熙走進其中一家烤魚店，店裡只有三張桌子，一張桌子被一些較年長的男性們占據。兩人在他們隔壁桌面對面坐下。男人們訝異地看著和這家店格格不入的兩名來客，看完連忙收回視線。比起觀察隔壁不是很協調的畫面，他們更熱衷抒發對於這個艱辛俗世的憤慨和怨氣。

徐翰烈不滿地環顧著那昏暗的日光燈，和年歲已大運轉不易的抽風機。

「……這裡腥味好重。」

「很快就會習慣了。」

「我為什麼要習慣？這種臭臭的東西本來就不吃也沒差啊？現在還有營業的餐廳還很多吧，不一定非得吃這家不可。如果你是不想被別人目擊到，不是還有我們家開的餐廳可以去？」

「對啊，在那種地方約會當然也很好。」

白尚熙順著他的話表示贊同，同時幫徐翰烈拿了水杯和餐具放在他面前。餐廳老闆直到這時候都還沒來招呼點餐。

「但是我今天想讓你吃一頓熱騰騰的飯菜。對我來說，這裡是最適合的。」

白尚熙接著擺好自己的餐具，語氣自然地繼續說道。

「我活到現在，幾乎沒有什麼美好的經驗，不知道該去哪裡或做什麼，才能讓你覺得開心有趣。既然你總是把你認為最好的東西都給了我，那麼我也想盡量和你一起去做對我來說喜歡的事情。」

白尚熙誠實地把自己獨自煩惱過的事說了出來。他不論何時都表現得像個情場老手，因此沒人看得出來，他其實是個戀愛新手。說不定他正兀自陷入掙扎、孤軍奮戰，卻無人知曉。

「就像我對你感到好奇一樣，你應該也會想知道我的事。像這些你眼裡看不慣的東西，本來就比較貼近我的生活。」

聽起來像是在表明他希望能以白尚熙的身分待在徐翰烈身邊，而非經過包裝的池建梧。他也許是在請求，私心希望徐翰烈愛的是他原原本本的模樣。

「……受不了。」

讓人解除心防的花招還真多。

差不多就在這時候，像是店主的一位老太太來到兩人的桌邊。她就站在那裡，也不問他們要吃什麼，只是呆滯地望著白尚熙和徐翰烈。徐翰烈左看右看，還在試圖尋找不存在的菜單，白尚熙這時已經在點菜了。

「請先來兩人份的烤魚，一個海螺湯。」

「酒呢？」

「不用。」

「不喝酒，啊那些東西是要配什麼吃？」

老闆娘自言自語般的嘀咕著轉身走掉，離開前瞟了徐翰烈一眼，不客氣地咂嘴：

「有毛病，坐在飯桌前還捏著鼻子是在幹什麼？」

聽見對方突如其來的攻擊，徐翰烈猛地回頭看向那名老婦人，一副懷疑自己耳朵聽錯的表情。白尚熙見到他的反應忍不住發出輕笑。

「那個老人家怎麼這樣講話？她是刻意裝出來的嗎？」

「我也不曉得。」

「少在那邊偷笑，你覺得這樣很好玩？」

徐翰烈在桌子底下踢了白尚熙的皮鞋一腳。白尚熙似乎還是覺得有趣，繼續咧嘴笑個不停，然後對已經出去外面的老闆娘追加說：「還要一碗白飯。」於是聽到外面無情地傳回來「剛剛幹嘛不一次點完」的責怪聲。徐翰烈一臉不可置信地轉頭看她。在場所有人，唯獨他對老婦人沒好氣的態度感到驚訝。

他好像掉進一個神祕莫測的世界裡。包括沒有椅背的小凳子、白鐵製的桌子、讓人懷疑是否還能正常運轉的電風扇、冰箱和電視，這一切對他來說都是未曾接觸過的。徐翰烈四處張望好一陣子後，小聲地試探白尚熙：

「所以……你以前是什麼時候來這裡的？」

「嗯……什麼時候呢？忘了是去工地打零工的時候，還是在做物流裝卸搬運的時候。」

「你還做過那種工作？」

「好像沒有什麼是我沒做過的。」

白尚熙微微聳了下肩。他身上確實有很多小傷疤，手掌摸起來也並不平滑。徐翰烈想完完全全地瞭解他身上每一個傷口的由來，是在哪裡怎麼傷到的，傷口痛了多久。徐翰烈很想知道那些從來沒有人在意過，甚至是在本人的粗心大意之下造成的傷痕背後，曾經有過哪些小故事。

對話一時中斷的期間，食物送上了桌。老闆娘這次過來跟之前一樣，上菜時幾乎是用摔的，就連一句客套的抱歉也不講。徐翰烈實在忍無可忍，站起來準備想說點什麼，白尚熙卻抓住了他手臂。

「放手。」

「我知道你在不爽什麼，你說的話也都沒錯。不過這次就算了吧，我現在不想被任何事任何人打擾。你知道我今天一整天都是想著現在的約會才撐過來的嗎……翰烈啊，好不好嘛？」

白尚熙用央求的語氣阻止。徐翰烈不滿地瞪向他：

「外表看起來明明很粗壯，卻這麼軟弱好欺負，你這樣以後會吃虧的。」

嘟嘟噥噥的抱怨之中完整地蘊藏了對白尚熙的愛惜和不捨。白尚熙笑得很滿足，叫徐翰烈先吃吃看這些東西再說，還把桌上擺好的食物往徐翰烈那邊挪了挪。

不是說海螺湯也就算了，誰知道送上來的烤魚看起來也非常詭異，可能都是一些不常在餐桌上看到的魚種。徐翰烈直接皺起了眉頭。

「怎麼長得這麼奇怪啊？」

「怎麼了，別看牠外觀這樣，其實很好吃的。」

「拿走。長那麼噁，本來就沒什麼胃口，現在完全不想吃了。」

白尚熙不顧徐翰烈的拒絕，依然堅持挑起舌鰨魚的魚肉。這是一種如白帶魚般扁平又刺多的魚類，很難處理。怕有沒挑到的小刺，白尚熙一邊仔細地剔除，一邊坦誠提起了往事。

「我想起來是什麼時候來過這裡的了，大概是十八歲的時候吧。當時第一次嘗試在工地打工。那個年紀，加上也沒什麼經驗，實在找不到什麼可以賺錢的工作。」

「工地僱用年紀那麼小的小孩？那不是違法的嗎？」

「他們也是想用最少的成本獲取最大的效益吧。一般人就算是買一萬韓幣左右的東西也會搜尋最低價格，僱用人力應該也是一樣道理。畢竟我的時薪最便宜，體格也不比其他成人差，剛好符合彼此的需求罷了。」

徐翰烈默默聽著他講，聽完又是嘆氣又是咂舌。這種事在他生活的世界裡是無法被接受的，沒有辦法輕易理解也是情有可原。也許從他完全不知道一般人買東西都會尋找最低價的這點開始，就已經有種不熟悉的隔閡感了。

白尚熙笑了笑，又繼續說下去。

「本來以為只要力氣夠大就能應付，結果因為身體不習慣這些粗活，總是會不小心受一些小傷。手指扎刺算是家常便飯，也常被焊接火花燙到，有時候是被上面丟下來的工具或鋼管劃到腳。每次受傷，工地主任都會氣得大吼大叫，罵我為什麼這麼粗心大意。」

「誰叫你那麼不注意的？」

徐翰烈冷不防插進來一句吐槽。白尚熙被他逗笑，同時把挑好刺的那塊白嫩魚肉放在徐翰烈的飯上。

「過了一段時間，我打算辭掉工地的工作，工地主任卻忽然說要請我吃飯。老實說我根本不想去，但想到反正以後也不會再見面，而且自己一個人本來就得吃東西果腹，所以就跟著他去了。他那時也跟我講說要好好振作，自己身體要自己保護，不管怎樣至少要拿到高中文憑……對著我嘮叨了一大堆，害我吃飯差點噎死。不知道算不算是恩威並用，要走的時候甚至還給了我零用錢。當時只覺得他是個怪人，但有時候又會突然想起這件事。」

他缺愛的程度大到連這麼一點小小的溫情都被他記在心上嗎？甚至連一些路人經過時施予的微小關注他都覺得很溫暖。徐翰烈聽了白尚熙的故事之後，內心不禁感到五味雜陳。

他一臉不情願地看著放在自己飯上的魚肉，用湯匙一口挖起，含進嘴裡好一會，才慢慢嚼著吞了下去。緊緊皺著的臉龐頓時一點一點地舒展開來。

「……怎麼會這樣？」

「不好吃嗎？」

「長得那麼醜，憑什麼這麼好吃啊？」

白尚熙無聲笑著把海螺湯舀進小碗裡。徐翰烈看不下去他始終咧著嘴的模樣，罵道：

「你幹嘛一直笑啦，看了就不爽。」

「誰叫你的反應這麼可愛。」

「……誇張。」

徐翰烈神情不悅地低頭看著白尚熙幫他盛好的海螺湯，撈起了湯裡的某顆海螺。白尚熙馬上問說需不需要幫他弄，徐翰烈沒搭腔，滿心努力想把海螺肉給挖出來。白尚熙看他試了半天，再次表達關切：

「你可以嗎？」

「把我當傻子喔？這跟法式田螺有什麼差別？」

在多次嘗試之後，徐翰烈終於慢慢挑出裡面的螺肉。此一當下，他的所有注意力都集中在指尖上，下意識抿起了豐腴的嘴唇。然而，就在他快要成功之際，拉到一半的海螺肉卻忽然啪地斷開。兩人同時「啊」了一聲。

徐翰烈隨即一臉煩躁地瞅向白尚熙。白尚熙先是疑惑了幾秒，接著半信半疑張開了嘴。儘管表情看似不滿，徐翰烈還是乖巧地把只挖出一半的海螺肉餵進他嘴裡。白尚熙心滿意足，笑著說：「真好吃。」徐翰烈一聽，馬上又撿了另一顆海螺起來認真地挑著肉。白尚熙的目光完全離不開他埋頭專注的髮旋。

這個人只有在面對自己的時候，願意不吝嗇地展現他體貼的一面。實在是太惹人憐愛了，怎麼可能有辦法不愛他呢？白尚熙在內心感嘆著。

「以後如果再想起這裡的話，我就會最先想到你。還有之前去的那家血腸湯店和櫻花路，也早就都成為和你擁有共同回憶的地方了。」

只顧著和海螺搏鬥的徐翰烈抬起頭傻傻地望向他。原本無處安放、專屬於白尚熙的那些貧瘠回憶，如今被徐翰烈覆蓋了上去。就連對白尚熙來說為數不多的幾個美好記憶，從今以後也都將由他所霸占。

是錯覺嗎？徐翰烈發現，他已經聞不到那股本來覺得噁心的腥臭味。店內亂糟糟的氛圍和店主粗手粗腳製造出來的噪音，也不再讓他覺得反感了。

即便已經填飽了肚子，白尚熙也沒有把車開回家。他只問徐翰烈會不會累，然後載著表示剛吃飽沒辦法立刻睡覺的徐翰烈沉默地開著車，沒有告知現在是要去哪。徐翰烈也沒追問，反正只要是和白尚熙一起，無論是再平凡的地方，對他來說都很特別。

不久後，車子停在了某個公園的停車場。已經超過晚上十一點，停車場管理室燈都熄了。放眼望去也沒看到其他車輛或人影。

影影綽綽的燈光下，只看得出首爾城郭模糊的輪廓。徐翰烈注視著白尚熙的眼中有一絲詫異：

「什麼啊，是要在半夜爬山的意思？」

「不算爬山啦，就走一走幫助消化。反正你也坐了一整天不是嗎？」

「這麼晚了還散什麼步，你就這麼有體力？」

「好像是耶，要消耗掉一點才可以。」

白尚熙故意斜眼睨著徐翰烈喃喃道。覆在徐翰烈手上的那隻手掌還偷偷在他食指和中指之間按壓。雖然也不是多煽情的接觸，徐翰烈手掌內側卻莫名一陣酥麻。他受不了這種詭異的感覺，把手抽了出來。

「你這毛病真的改不掉是吧？」

「我對我的主人搖尾巴有錯嗎？」

「你那尾巴要是再多搖個兩下，我看是要直接在外面發情了吧？」

「你老是往那方面想的話，會害我開始考慮，是不是應該滿足一下你的期待才行。」

白尚熙悄悄把上身傾斜過去，一直笑咪咪的模樣看起來莫名討人厭。徐翰烈不高興地看著那張吊兒郎當的臉孔靠得越來越近，倏地聽到「喀嚓」的一聲。那是白尚熙擅自解開徐翰烈安全帶的聲音。

「你為了準備回去公司上班，我們已經取消好幾次約會，今天就稍微去吹吹風嘛……好不好？」

白尚熙纏著要他答應，看來似乎很清楚自己怎麼做能讓對方心軟。徐翰烈輕「嘖」了一聲，率先開門下車。

或許是夜已深的緣故，儘管是夏天的公園路口，風吹起來卻非常涼爽。徐翰烈輕輕環抱著雙臂，眼睛掃到延伸至廣場另一頭的石階後，不禁唉聲嘆氣了起來。但總不能一開始就舉白旗投降，他勉強自己邁開不情不願的腳步。白尚熙從後面慢慢跟上，問道：

「穿皮鞋是不是不好走？」

「你不用管這種事，趕快給我過來。」

徐翰烈催促目不轉睛盯著他鞋子看的白尚熙，大步大步向前走，絲毫不猶豫地踩上眼前即將爬坡的階梯。

該公園是二十四小時全天候開放的場所。但今天是星期一，再加上時間也不早了，幾乎杳無人煙，感覺周遭也變得越發昏暗。不過公園裡還是有路燈或完善的間接照明設備，步行起來不會有太大問題。

徐翰烈腳下可以見到白尚熙尾隨身後的影子在晃動，背後傳來他氣定神閒的腳步聲。附近萬籟俱寂的感覺還不賴。徐翰烈身體開始有發熱感，低溫的涼風吹起來尤其舒爽。

爬完階梯之後眼前出現一座涼亭。大概是因為周圍的照明幽幽發光的關係，展示著曲線之美的涼亭屋簷，與光影明暗交錯的綠蔭，甚至連透過亭柱放眼望去的首爾夜景，都猶如畫作般別有韻味。

「要不要坐一下再走？」

「才走這一小段路而已。」

徐翰烈否決了中途休息的提議，直接走上步道。先前一直慢慢跟在後面的白尚熙一下子來到身旁，開始與他並肩而行。兩人的手若有似無地碰觸到對方，在這曖昧的距離下，反而更容易意識到彼此。一時之間，誰都沒有說話。

再走了一會之後就出現了城郭路。徐翰烈放空望著城郭另一頭的風景，忽然間開口：

「為什麼都不說話？」

「是要說什麼？」

「沒有啊……你不是每去到一個地方，自然就會分享你的故事嗎？剛才在那家店你也有講到打工的事，你會想來這裡，應該也是有理由的吧？為什麼現在變得一句話也說不出來？」

「不曉得，我也沒想到會變成這樣。光是能和你一起散步，就已經覺得很棒了。」

徐翰烈好像能夠理解他的感覺。即使沒有劈哩啪啦講一堆話，他們仍然共享著同樣的情緒。徐翰烈所體會到的微妙的緊張感和一絲心動，甚至是有些心潮澎湃的夜半情調，並非他個人的感性。接納這樣的想法之後，兩人之間短暫的沉默，反而變得特別有感觸。

他們接著繼續走，白尚熙的手忽然伸過來，從徐翰烈手臂內側沿路向下輕撫。慢慢來到手腕的大掌用指尖挑開徐翰烈的手指，讓他張開手後，再與他十根指頭緊緊相扣。

「幹嘛突然這樣？」

「今天不說我的事了，換你講一下你的故事。」

「我的事有什麼好講，你想知道我被關在醫院虛度人生的糜爛過程喔？」

徐翰烈故意講得很難聽。白尚熙回說：「不是那種。」再度邁開一時停下的步伐。徐翰烈站在原地沒動，手都被他拉得伸直了，才不得已跟著他走。

「嗯……還有很多不是嗎？你也可以講關於你媽媽的事，你姊說你跟她完全一個模子印出來的，讓我聽了滿好奇的。」

白尚熙拋出一個意想不到的話題。徐翰烈用一臉怪異的表情仰頭看他，他面不改色地對上徐翰烈的眼，讓人捉摸不透他的想法。

在別墅休養的期間，他們已經分享過各種大大小小的私事，就像是要盡可能彌補彼此所不瞭解的、分隔兩地沒有對方陪伴的那些時光。

但白尚熙從來沒有過問徐翰烈親生母親的事。徐翰烈的母親患有和兒子相同的心臟病，儘管做了移植手術，最後還是離開了人世。或許白尚熙在知道這件事之後，更是打消了詢問的念頭。因為當時徐翰烈還需要完全的靜養，可能也是不想對他造成負面影響，才刻意避開這個話題。

徐翰烈聳聳肩，無所謂地開了口：

「我都聽到膩了，大家都說我不只這張臉長得像她，連身上的惡疾都一個樣。徐會長是不是說過，我跟我媽一樣都沒有看男人的眼光？」

嚴格來說，這句話也罵到了白尚熙，白尚熙卻完全沒心眼地笑了起來。

「是在罵你欸，還笑。」

「你繼續說。」

「其實我也沒什麼印象了，只記得她就只是一直待在家裡而已。應該說，幾乎是一直臥病在床。」

徐翰烈彷彿在敘述別人家的事情，漠然地坦承道。說話時的神情也沒有半點的變化。白尚熙直直注視著徐翰烈倔強的側顏，隔了一會才把頭轉回前方，用拇指緩慢地挲著徐翰烈的手。

「一定很寂寞吧。」

「沒有你寂寞吧？」

白尚熙陡然停下腳步回頭看他。宛如想窺視徐翰烈的內心，不發一語地盯著他看了好一陣子。徐翰烈僅存的耐心很快就見了底。

「怎樣啦？」

「你總是這樣子。」

「突然間是在說什麼？」

「從以前就只有你有察覺到。」

「你到底是在說哪件事？」

徐翰烈被搞得一頭霧水，攢著眉頭。白尚熙沒再多做解釋，而是又拉住他的手。

「繼續把你剛剛的故事說完。」

「又沒什麼好聽的。」

「跟好不好聽無關，我想知道關於你的所有事情。那些全都是你的一部分。」

一向不在乎外界的白尚熙居然會對別人感到好奇，還貪心地想瞭解關於那個人的一切——每當徐翰烈意識到，自己就是那個無可取代的唯一時，總會受寵若驚，有時甚至會產生一種恍若隔世之感。

徐翰烈噘了下嘴，裝作拗不過他，繼續了剛才的話題。

「小時候家裡就只有我跟她，我們兩個人而已。」

「你姊呢？」

「徐會長和我差了十幾歲嘛。我是我那不負責任的父親晚年不小心搞出來的孩子，而且生病的母親為了把我生下來，還弄壞了身體。就因為我是個帶把的，所以獨占了過世老頭的萬千寵愛，你想想看，我姊看我該有多不順眼？」

「她現在很愛護你不是嗎？」

「那是因為媽媽後來不在了，而且她還是不想承認那個叫父親的傢伙。如今，連老頭都走了，徐會長的親人，除了我以外沒有別人了。」

白尚熙緩緩點著頭，似乎並沒有完全理解他的話。白尚熙自己的妹妹們對他來說，僅僅是一種責任或義務感，是一股意義不明的動力，讓他一天又一天苦苦堅持下去。即使他跟妹妹們身上流著相同的血，他們兄妹和徐朱媛徐翰烈這對姊弟卻有著顯著的不同。

「從小要見到我那個父親，簡直是比登天還難。雖然我是不覺得怎樣啦，但對我媽來說卻不是如此。那天父親久違地說要回來，所以她忙著準備食物，還為此大掃除……難得見到她這麼有活力的樣子，沒想到才隔一個晚上，就變得如此冰冷僵硬。她最後就是這樣走的。」

白尚熙無言地傾聽到這裡，忽然又杵在原地。徐翰烈不知情地走在前方，手臂再一次被他扯住。他用疑惑的眼神回頭看著白尚熙。

「……怎麼了？有那麼震驚？」

「所以呢？」

「所以什麼？」

「你那時候怎麼樣？」

徐翰烈覺得他的問題很奇怪，不對，應該說是很陌生才對。也難怪，因為他從來沒有被問過這個問題。小小年紀就突然沒了母親，所有人聽到這個消息都來安慰徐翰烈，口徑一致地說他是個可憐的孩子。每個人無一例外，擅自揣測他有多悲傷失落，都用充滿同情的眼神看著他。真正關心他當時心情感受如何的人，白尚熙是第一個。

徐翰烈一次也沒接觸過這個問題，頓時有點慌，不知該怎麼回答才好。像突然被擊中要害似，腦袋一片空白。

親生母親在身邊斷了氣的那天，自己究竟是怎麼樣的——徐翰烈試著回溯久遠的記憶，只憶起當時的混亂。

「就是一團亂啊。」

他出神地咕噥著。

「我根本就不知道在我身上發生了什麼事。」

支支吾吾吐露著過往心事，徐翰烈不禁乾笑了一聲，然後用更明確一點的語氣補充：

「隨著時間流逝，我才漸漸明白，原來媽媽是真的不在了啊。每天早上會問我睡得好不好的那個人，已經完全消失了。以後再也見不到她、再也沒辦法被她抱在懷裡……」

陷進思緒中喃喃自語的徐翰烈倏然間正視著白尚熙的眼睛。

「尚熙，所謂的死亡，就是這麼回事。」

白尚熙頓時稍稍瞪大了雙眼。徐翰烈留心端詳他細微晃動的瞳孔，忽然伸手輕觸他的胸口。

「這裡面會出現一個無法用任何東西來填補的缺口。老實說，離開的人一旦走了，就通通都結束了。既然要永遠長眠了，就算還有遺憾，那股遺憾也維持不了多久吧。那些就只是剎那間的事而已，其他的完全都是留下來的人要去承擔。無論是悲傷、剝奪感、惋惜感，還是思念，全部都是。」

感覺他是在問白尚熙這樣他能接受嗎，是否能夠承受這種依舊沒有任何保證的未來。白尚熙一度全無反應。

沒得到對方承諾，徐翰烈悄然垂下了眼，厚厚的下唇瓣整個噘到外面來。他並不是想立刻聽見當然可以、不用擔心這類回答。那種反應反而顯得太過輕浮，毫無根據。其實就一句話也好，他只是想聽白尚熙答應說「總之我會試著撐過去」，類似這樣的話。

但就在下個剎那，白尚熙突然快步走來。即使雙方之間的距離一下子縮短，他的腳步和氣勢也無減緩，沉沉的目光亦是一刻也不曾偏離分毫。徐翰烈反而被他嚇到，有些猶豫地向後退。

可是退後也沒用，白尚熙簡直要和他相撞般，用全身的力量將他抱住。

「喂！突然間幹什麼啦！你忘記現在人在外面了喔？當演員的還這麼不注重形象。」

徐翰烈不爽地掙扎，白尚熙不管不顧地把他摟得更緊，整顆頭深深埋進了他的頸窩。

「翰烈。」

「你到底是怎麼了？」

「我只要比你多活一天就好。」

「……什麼？」

「就算你平安地活到一百歲，或是萬一出了什麼差錯沒辦法活那麼久……不管怎樣，我都會設法比你多活一天的。」

「不管怎樣」這個盲目性的保證瞬間讓徐翰烈不知該說什麼。他怔愣了一會，才幽幽吐出嘆息。

「你是想要家裡接著辦喪事喔？」

白尚熙聽了發出低淺笑聲。他稍微向後退開，靜靜凝視徐翰烈變得不開心的臉龐。

「我感覺你姊好像不會幫我辦喪事？」

雖然玩笑歸玩笑，但不得不說，這句話成真的可能性還是滿大的。按照徐朱媛的包容度，很有可能把白尚熙變成一名無家屬死者。白尚熙不但無法和徐翰烈並排葬在一起，恐怕連讓他葬在附近徐朱媛都不會允許。

不對，自己到底是在想些什麼奇奇怪怪的東西啊。徐翰烈從亂七八糟的妄想中掙脫出來，用力地在白尚熙背上打了一下。

「媽的，你這什麼鬼告白，讓人全身發毛。」

「畢竟我沒有這方面的經驗嘛。既然聽起來意思差不了太多，那我應該算是有達成目的了。」

白尚熙咧嘴一笑，重新牽起徐翰烈的手。

「你是還要走多遠啊。」徐翰烈雖然一邊低聲抱怨，卻還是乖乖跟著他走。

兩人走沒多久便抵達山頂。幸好山頂上也沒有其他人影。他們不說話地佇足在這裡，俯瞰著城郭另一端絢麗的夜景。這座城市遺忘了夜晚，爭相放射出燦爛的燈火，景象相當壯觀。

儘管如此，徐翰烈的眼神卻平靜無波。這種程度的夜景在他的辦公室或是時常來去的飯店套房他都已經見過太多，撇除「和戀愛對象在一起」這個事實的話，興致不高也算是合理的。

「你把我一路拖來這裡，就是要讓我看這個？」

「這種景色真的沒什麼看頭，對吧？」

四面八方突然刮起一陣陣的風，白尚熙濃密的頭髮隨風飄揚起來。徐翰烈不禁心想，還不如改看這邊的風景呢，跟夜景比起來毫不遜色。

在他偷覷白尚熙的期間，白尚熙的視線一直朝向城郭的另一端眺望著。徐翰烈偷扯了一下自己被牽住的手，問他：「你又是跟誰來過這裡？」也不曉得是不是自己眼花，他看見白尚熙的唇瓣溫柔地舒展開來：

「我自己一個人來的。」

「自己一個人？你是跑來這裡運動？還是來散心的？」

「我在跑外送的時候，很多客人都會要求外送員把餐點送到各種異想天開的地方。等我好不容易把食物送上來這裡，客人卻總是抱怨說餐點都已經冷掉了。」

「那些人在這種地方還想吃什麼好料啊。」

聽了就生氣的徐翰烈毫無疑問地為白尚熙抱不平，白尚熙忍不住爆出了笑聲。徐翰烈那副無條件袒護他的模樣，讓他整顆心膨脹了起來。

「你是精神異常喔？為什麼一直笑個不停？」

「只是覺得太開心了。」

「……開心的事情還真多。你到底是從幾歲開始工作的？」

「好像是十二歲，還是十三歲？不太記得了。」

白尚熙聳肩，表示這不算什麼。

「大概是因為，我從小到大，都是過著這種不期不待的生活。反正，不要輕易抱持任何期待，就沒有什麼好失望的。在我眼裡，整個世界看起來都是灰色調的，怎麼可能會對這樣的夜景有感覺呢。」

沒有那種閒情逸致，周圍再美的風景也無法入眼。必須熱愛生活，才有辦法為每個微小的瞬間賦予意義。這種事對過去的那個白尚熙來說簡直是天方夜譚。當時的他活著純粹是因為他還能呼吸，如同一部開啟了電源的機器，會不停地運轉，直到動力耗竭或完全故障，再也無法動彈為止。

白尚熙頓時轉頭看向了徐翰烈。他翕動雙唇說著「可是」兩個字的畫面，在徐翰烈眼裡彷彿慢動作播放。

「……我當時就覺得你好美。」

感覺內心有什麼東西噗通一沉。這種話無論聽多少遍，徐翰烈永遠也不會習慣。

「好像全世界只有你被抹上了顏色，我甚至懷疑是我眼睛出了問題。也許，當時就是因為這樣，我才會那麼固執死腦筋吧，也有可能是骨子裡的自尊在作祟。我知道，不管怎麼做，反正你是不可能會屬於我的，既然如此，那就乾脆連起心動念都不要有。」

這就是白尚熙以前徹底無視徐翰烈的理由。說到當時白尚熙的情況，徐翰烈也一清二楚，知道他沒有餘力為了一時的衝動或吸引就拋下一切不管。

只不過，徐翰烈討厭自己並非例外，同樣成為了白尚熙那種慣性放棄、無奈之下必須克制的對象之一。想到這裡，他對於自己為白尚熙瘋狂了那麼久的事實再次地感到火冒三丈。

「……真有你的啊。」

徐翰烈露出忿忿不平的表情，往白尚熙背上一掌拍下去。白尚熙假裝唉叫了一聲，不知道在高興個什麼，笑得很誇張。

「為何要現在提起那件事？你是存心惹我生氣嗎？」

「沒有，我是想說也許、說不定有這種可能性，怕你會一直對這件事耿耿於懷。」

儘管已經成為相愛的關係，徐翰烈至今仍偶爾會對白尚熙懷有一絲戒備，懷疑他表現出的深情或愛意是否真的是針對自己，還是只是一種習慣性表現。同時，徐翰烈自己也會因為這種不信任而陷入不安之中。

真心屢屢遭受到誤會，白尚熙認為是自己的報應，自作要自受，但他顯然是見不得徐翰烈為此一個人暗自傷神。這傢伙的觀察力還真是驚人的敏銳呢，徐翰烈不禁在心中感嘆。

「累了，我要下去了。」

他悶悶地轉身背對白尚熙，可是連一步都還沒來得及跨出去就被攔住。

「又要幹嘛？」

「腳不舒服嗎？」

「沒有啊。」

「稍微坐一下。」

即使都說了沒事，白尚熙還是執意把徐翰烈帶到旁邊的長椅讓他坐下，接著替他脫掉了走起路來動作稍嫌怪異的左腳鞋子。

白尚熙小心翼翼握住徐翰烈後腳跟，他馬上痛得一縮，低呼出聲。看起來是被新鞋子磨到腳破皮了。

「都變成這樣了，為什麼還不說？」

「只是有點咬腳而已，有什麼好大驚小怪的。」

徐翰烈打算重新穿上鞋子，但白尚熙動作比他更快，立刻把鞋子藏至身後，露出一臉堅決的表情。

「做什麼啦？」

「我背你。」

「你瘋了喔？」

白尚熙不在意，把徐翰烈另一隻腳的鞋子也脫下來，然後轉身將他寬闊的後背對著徐翰烈。等了半天，見徐翰烈堅持不肯，他逕自抓住徐翰烈手腕拉到自己肩上。如此強硬的態度，徐翰烈連抵抗的機會都沒有，人就已經咚地趴上去，被白尚熙背了起來。

「吼，幹嘛啦，這樣很難看！放我下去！」

「不想一起滾下山的話就別亂動。」

白尚熙威脅說：「再繼續動來動去的話兩個人都會受傷。」這神奇地讓徐翰烈逐漸停止反抗。他慢吞吞地抱住了白尚熙脖子，用不滿的語氣囁嚅道：

「這也包含在你送人回家的服務當中嗎？」

「嗯，滿意嗎？」

白尚熙的秒答讓徐翰烈身子頓時一僵。白尚熙調整了下姿勢，讓動作有些僵硬的徐翰烈身體完全貼在自己背上。同時也隨即將短暫的小誤會解釋清楚。

「我妹小時候不算的話，你是第一個。不過好像沒什麼差別就是了。」

「什麼嘛，原來不是護送服務，而是老弱婦孺享有的特殊待遇？我都說我不想被當成病人了！」

「我沒有把你當成病人，只是比較小心而已，怕你腳被磨壞了。」

「……才不會咧，你不要保護過頭。」

徐翰烈一邊碎碎念著，同時把白尚熙脖子圈得更緊了一些，也把臉深深埋在他肩膀內側。溫熱的臉頰輕蹭著發涼的耳朵，緊密貼合，彼此的體味和呼吸聲也漸漸融合為一體。一步又一步，邁開步伐的白尚熙臉上的笑容越來越深刻。

每一口呼吸都是甜的，心臟脈動也相當輕快。感覺一秒鐘後、一分鐘之後的每件事都令人期待。胸口有股高漲的情緒，周身始終被幸福的氣息所環繞。

是這輩子初次體會到的，希望的滋味。

從玄關一路到浴室的地板上，脫掉的衣服凌亂地糾結在一起。從滿是溼氣的浴室開始，沿路滴落的水滴延伸到了臥室。地上則散落著急救箱、OK 繃和撕開的包裝紙。

貼上OK 繃的白皙的腳掌不停在床上滑動。白尚熙抱住徐翰烈不安分晃動的腿往自己腰上扣緊，歪頭將他的嘴唇不留空隙地含進嘴裡。溫熱的舌頭闖進上唇內側試圖入侵，徐翰烈自動仰起頭接納他進來。柔軟的兩條舌頭黏糊糊地糾纏，滋滋地發出溼潤的摩擦聲。兩人在情欲的渲染之下急切地攫住彼此。混濁的氣息反覆衝進口中，不僅是上顎，連喉頭都忍不住發癢。

他們特地披上的浴袍都已滑落一半，尤其是徐翰烈，只有腰帶還勉強繫著，雪白的胴體已完整地展露在外。

白尚熙將徐翰烈的左手臂輕扣在他頭上，輕輕壓制著掌心，同時舌頭一下子擠進他嘴裡。手掌接著從徐翰烈下巴到脖子，一路享受那柔軟的皮膚觸感，再滑到肩膀和胸口，小力地握住微隆的小丘陵。當他的大拇指在淺粉紅色的肉團上很輕很輕地掃過時，徐翰烈拱起腰身，給予了誠實的反應。

「嗯、呃……」

那股吸吮著白尚熙舌頭的力道也變得更為強烈了。白尚熙耐心搓揉著徐翰烈的手掌給予刺激，用舌頭大肆攪動他的舌肉和光滑的黏膜。徐翰烈的身體在令人心癢的快感之中暗地起伏著。

故意吸出「啵」的一聲，白尚熙分開了嘴唇。徐翰烈緊閉的眼皮也跟著掀開，原先大膽明亮的澄澈眼神如今已變得非常迷濛。都是因為白尚熙用一起洗澡作為藉口，在浴室的那個回合就已經把他弄得筋疲力盡的緣故。

白尚熙撫摸徐翰烈泛紅的眼角，端詳他白淨的臉龐，就這樣欣賞了好一陣子。可以的話，他真想舔拭那一雙左右游移然後向上仰視自己的眼瞳。然而他只能遺憾地將唇瓣輕貼在徐翰烈眼角，藉此過過乾癮。

他與剛才搔癢撫摸許久的手掌十指互扣，不斷親吻徐翰烈軟嫩的臉頰和耳際。肌膚的高溫如實地傳遞到他嘴上。徐翰烈偶爾發出來的甜蜜呻吟無限地助長著他的興奮。

白尚熙撐起徐翰烈的後腰，在發紅的疤痕上一吋一吋地吻著。新生長的嫩肉也許更加敏感，徐翰烈抽了一口氣，揪住他頭髮。白尚熙不介意地向下舔著那道長長的疤，出其不意地在腰側咬了一口。

「啊、嗯……」

白尚熙屢次攻擊徐翰烈敏感的部位，促使他的身體更為興奮地挺動。白尚熙抬眸，將徐翰烈熱烈的反應一一銘刻在眼底，同時悄悄地分開了他的兩側膝蓋。雙手按壓著撫過大腿內側，徐翰烈已然勃起的性器哆嗦地抖動著。

白尚熙張開嘴巴想要滿足他的期待，徐翰烈卻小小搖了下頭，雙手捧住白尚熙的臉把他帶回上面來。白尚熙也一邊笑著，毫不猶豫地跟隨他移動。兩人的唇旋即甜美地重新銜接在一起。

他們互相撫摸對方的耳朵和身體，濃烈地唇舌交纏。如今的兩人對彼此身體已瞭若指掌，熟知該愛撫哪裡能讓對方歡愉。多虧於此，手掌經過的每一處都匯聚了熱意，渾身上下的寒毛都被摸得豎直站立。

問題點在於，不管他們多努力地和對方肌膚相貼，都還是覺得不夠，總想要更接近、更緊密地結合在一起。兩個人頻頻發出感到惋嘆的喘息。

被白尚熙吸住舌頭而嚶嚀的徐翰烈把他的手帶到自己的鼠蹊處去。白尚熙啾、啾、啾地連聲親吻徐翰烈因呼吸急促而微微痙攣的唇瓣，順從地替他愛撫性器。他用整隻手掌握住硬挺的肉柱，由上而下緩慢擼過一遍之後，開始輕淺頻繁地套弄。不時也會溫柔碾磨充滿熱度漲紅的龜頭。

徐翰烈的腹部上下起伏，開始發出慵懶的呻吟。那緊閉之後悄悄張開的眼皮底下是帶著水光的瞳孔。汗溼的兩頰上也泛著好看的紅暈。

「呃呃、啊呃……嗯！」

徐翰烈無法控制地叫著，一邊掙扎的同時也去摸索白尚熙的下身部位。他的手一掃到白尚熙的性器，白尚熙下腹部馬上一縮。儘管咬住了牙關，還是忍受不了地逸出「啊」的嘆息。陰莖像是瀕臨爆炸邊緣般膨脹，流淌著一股股透明的前列腺液，柱身可憐兮兮地向前湊。

徐翰烈輕輕撫摸他的傢伙，觀看著白尚熙為甜蜜的痛苦所折磨的表情，然後冷不防將他的性器塞進自己大腿縫隙，隱約夾緊了雙腿。措手不及的壓迫感讓白尚熙上身一陣激動，急忙將呻吟憋在嘴裡，牢牢緊咬的齒縫間發出了咯吱聲來。

徐翰烈一邊偷笑，兩條併攏得更密合的腿擠壓著腿縫中的性器。每當厚實的大腿磨蹭擦過性器表面，火辣辣的快感便一波波向上竄。白尚熙的嘴角也跟著抽動，向上勾了起來。

「你這裡都熟透了，好好看。」

徐翰烈使壞的下半身停止了動作，碰了碰白尚熙發紅的耳朵。

「喜歡嗎？」白尚熙問，一邊扭頭去親徐翰烈的手掌心，緊接著在他的臉、脖子以及肩膀上溫柔地烙下唇印。他伸出手臂攬住徐翰烈的腰，讓他翻身側臥。躺好後，白尚熙立即將胸膛貼上徐翰烈的背，就著半躺的姿勢把性器確實地塞進了大腿縫。

白尚熙下身開始動作，也在徐翰烈敞裸的後頸隨興地又親又咬。不僅如此，他的手還從徐翰烈腋下穿過去，悄悄幫他套弄性器。

白尚熙的分身每一次深深插進抽出時，都會跟著擠壓摩擦到徐翰烈的陰囊。徐翰烈一直用臉蹭著床面，接連吐出興奮的氣體。他搖著頭想擺脫那股令全身酥麻的泥濘感，後來把手探至後方勾住白尚熙脖子，又去拽他圈住自己腰身的胳膊。白尚熙再三含住徐翰烈滾燙的耳肉，加快了腰部挺動的節奏。

「呃、呃……尚熙啊、尚……嗯……」

「哈啊、徐翰烈，翰烈啊，舒服嗎？」

「呃嗯、呃！啊呃……」

徐翰烈原本艱難地點著頭，忽然瑟縮一下，蜷起了身體。原來是白尚熙將嘴唇埋在他脖頸，邊用鼻音催促他回答，邊用修長的手指小力地壓捻他乳頭。粉嫩的乳珠被壓得凹陷進去再被輕輕捻起，大腿之間被噗滋噗滋噗地戳刺。握著徐翰烈性器的大掌亦不停歇地促進著射精感。徐翰烈的腰部因上下同時夾擊的刺激而哆嗦不已。

「啊呃、啊……嗯、呃……呃啊！」

「哈啊、呃、唔……哈啊、翰烈啊、翰烈啊……」

一定是腦壓升高後造成耳膜鼓脹的關係，徐翰烈心想。若非如此，白尚熙渴求地喚著自己名字的聲音，怎會在耳邊持續轟鳴作響。

白尚熙用不會過快卻也不會太慢的步調刺激著徐翰烈的全身。無措地發出呻吟的徐翰烈摸索著抓住了白尚熙的大腿。白尚熙每一次向前頂的時候，徐翰烈摸到的大腿都賁張得快要炸裂，噴在耳側的喘息聲同樣激烈不已。

即使看起來隨時都要爆發了，白尚熙卻又深又緩慢地、無止盡地頂弄。唯恐會造成徐翰烈的負擔、會把他弄壞，白尚熙的動作小心翼翼。

「哈呃、呃……呃啊……！」

不多時，徐翰烈一顫一顫地開始扭動全身。同一時間，他的雙腿也完全夾緊，絞住白尚熙的性器。

「哈呃呃嗯、呃嗯……！」

「唔呃！呃呃……！」

咬著牙硬撐的白尚熙最終一口咬上了徐翰烈脖子，他握著徐翰烈性器的手掌隨即被濺溼。而被徐翰烈兩腿夾住的性器也蠕動著怒脹的身軀，將欲望的渣滓噴灑出體外。

徐翰烈沉溺在乏力感之中，急促喘著氣，隨後悄然轉過頭來。

「啾。」

咬住他脖子不放的白尚熙自然地親上他的嘴。徐翰烈像往常一般捏住他耳朵，按摩似的搓揉。

「哈啊、哈啊……你幹嘛，為什麼不趁剛剛放進來？」

「今天光是這樣就夠了。」

「你說謊。」

「我說真的。」

白尚熙說出令人不可置信的一句話，然後吻上徐翰烈的手臂、肩膀、頸部，包含耳後和後腦杓也不斷地親著。徐翰烈說著：「少騙人了。」一把抓住他射精後仍未疲軟的性器，像是要讓它再次抬頭地不停撫摸刺激。

但此一嘗試並沒有持續太久，徐翰烈的眼皮很快開始變得沉重。他從回到家泡熱水澡時就已經在點頭打瞌睡了。復工第一天就因公事過度勞累，晚上甚至還約會到半夜，難怪會這麼疲倦。更何況，還要考慮到他的體力明顯比一般人要差的這一點。

然而徐翰烈卻還在搖頭試圖驅趕睡意，直到最後，終於還是戰勝不了強大睡魔的來襲，慢慢閉上了眼皮。睡著後他的手仍握著白尚熙的性器不放，只不過是沒有繼續施加壓力而已。

白尚熙盯著呼呼睡去的徐翰烈，忍不住在他臉上每一處都親了個遍。徐翰烈在這柔和的阻撓下不滿地哼了一聲，稍微翻動著身體。

「我愛你。」

白尚熙在入睡的徐翰烈耳邊低語。過去因沒機會使用而講起來生硬不自然的一句話，現在已經可以自然無比地脫口而出了。徐翰烈在睡夢中嘴巴邊蠕動邊「嗯」了一聲。不知是在回覆白尚熙的示愛，還是只是一聲囈語。

白尚熙把臉埋到他頸窩，問他：「你愛我嗎？」結果這次徐翰烈不只回了：「嗯。」甚至微微地點了下頭。白尚熙像要揉碎他似的將他緊擁。徐翰烈被他抱得皺起眉頭，哼了幾聲，身子不時翻來覆去。

白尚熙一度以為他是想調整到一個最舒服的姿勢，沒想到最後卻是鑽進了自己懷裡。他把被子拉至徐翰烈的脖子處，替他蓋好棉被。

再舒服不過的臥室裡，安適地響起兩人熟睡的呼吸聲

SUGAR

슈가 데이즈 Sugar Days

# 03

## Sweet Rumor

SUGAR DAYS

DAYS

徐翰烈做好出門的準備後走到床邊，白尚熙仍躲在被子裡睡覺。白尚熙這陣子都在跑非人般的行程，儘管如此，卻還是每天都趕回家和徐翰烈一起吃晚飯，一到清晨六點鐘，還不忘叫醒徐翰烈餵他吃藥。徐翰烈阻止過他，說吃藥的事他自己來就好，可是完全沒用。

他看著白尚熙熟睡的臉，偷偷伸手去捲他的頭髮。即便是如此微小的碰觸，白尚熙的面孔還是因此變得柔和。他在眼睛依然是閉著的狀態下握住了徐翰烈的手腕，默默地把人拉過來，直接用手臂牢牢圈住徐翰烈的腰。

「我要出門了。」

「一下下就好。」

他用困乏的聲音哀求，額頭在徐翰烈的後腰上蹭來蹭去。徐翰烈不再抗拒的身體鬆懈下來，長吁了一口氣。白尚熙立刻提起嘴角，更用力將他抱緊，還很自然磊落地枕在他大腿上。徐翰烈雖然「嘖」了一聲，卻放任白尚熙的糾纏行徑，只是搔癢般摸著他從被子裡露出來的肩膀。柔情的觸摸讓白尚熙加強了他對懷中人的束縛。眼見再這樣下去似乎沒完沒了，徐翰烈拍拍白尚熙的手臂要他放開。

「好了，鬆手。這樣下去我真的會遲到。」

「不能就這樣整天跟我待在一起嗎？」

「都幾歲的人了，還撒什麼嬌啊。」

儘管被數落了，白尚熙也只是閉著眼發出一聲輕笑。該死的是，就連他這副樣子看起來都很迷人。徐翰烈不高興地垂首瞪著白尚熙，倏然間低下頭親了他的臉。白尚熙的眼皮正好在這時俐落地掀了開來。

「我上班第一天就沒忍住發了一頓脾氣，所以現在樹敵無數。如果從一開始就撒手不管還比較沒關係，現在才臨陣脫逃的話就太不光彩了，所以我最近應該都要忙著處理公司的事。」

徐翰烈向他說明了自己的情況，但解釋完後仍是無法輕易推開他的手。白尚熙聽了之後欣然點頭，卻扣住徐翰烈摸著他的那隻手。他用乾燥的嘴唇小口小口地玩弄著白皙的食指，眼神直勾勾地注視著徐翰烈。

原本呆看著他動作的徐翰烈反應過來，對著他搖頭說：「不行。」當場便站起身來。但白尚熙迅速抓住了他的胳膊，他根本走不開。白尚熙躺在床上斜眼仰望著他，大拇指指腹不輕不重地摩挲他胳膊內側，同時習慣性地舔了一下自己乾燥的上唇。

徐翰烈看著那股紅的舌尖消失在白尚熙嘴裡，看著他喉結慢速起伏的剎那，彷彿像在抓拍快照，每一幀畫面都被紀錄在眼中。他在這無聲並嚴重的挑釁之下眉間微蹙，單邊嘴角向上咧起。

「每次都要這樣妨礙我就是了？大清早就這麼奸詐地賣弄風騷……」

不悅地挖苦了一句，徐翰烈猛然朝床上撲過去。他兩手扣住白尚熙肩膀，有點粗魯地封住白尚熙的嘴，白尚熙被他吻得發出「噗哈」的笑聲來。徐翰烈揪住白尚熙頭髮，激烈地吻他，他也一秒不遲疑，心甘情願承接徐翰烈舌頭的侵襲。他一手攬徐翰烈的腰，一手抱腿，接受著這個甜美的懲罰。

兩人的唇耐心摩擦、擠壓著彼此，不時分開來，從唇縫之中湧出的焦急吐息匯集在人中處。勉強地張開眼對視了幾秒，又爭相揪住彼此身體。兩條軟舌完全勾住對方，在嘴裡黏糊地翻攪在一起。睫毛在對方臉上互相搔癢，連連呼出的微溫氣體奇異地烘熱了口腔和喉嚨。

現實感在頃刻間變得麻木，徐翰烈只知道要和對方交疊身體，把原本正要做的事情忘得一乾二淨。玄關處忽然傳來動靜聲的當下，他才驟然回神。楊祕書似乎已經到了。

徐翰烈及時逮住白尚熙那隻企圖偷鑽進他襯衫裡的手，心想這個人手腳還是這麼快，幸好有穿襯衫夾，不然自己現在應該已經半裸了。他拿開白尚熙的手然後起身，拍拍皺掉的襯衫和褲子。白尚熙斜睨著他整理服儀的模樣，很遺憾地咂著嘴。

「看來今天也穿了襯衫夾啊。」

「畢竟我又不能用項圈拴住你脖子，還有我也不喜歡襯衫皺掉。」

「不是說穿起來不舒服嗎？」

「誰叫某人的嘴咬起來這麼不知輕重，也不知道是換牙期來得太晚還是怎樣。」

徐翰烈拋出一句諷刺白尚熙的話，瞥了他一眼。白尚熙對於他怪罪的眼神無動於衷，只是嘻皮笑臉地提出無恥抗辯。

「你知道你穿上襯衫夾之後，大腿被壓迫的樣子很可口嗎？」

正欲披上外套的徐翰烈回頭看他，被他又是吸又是啃的大腿內側莫名感到一陣刺痛。床上的人似乎不懂徐翰烈為何要這樣不甘心地瞪著自己，朝他挑眉表示疑問。

就在這時，外面響起敲門聲。下一秒便聽見楊祕書在呼喚「本部長」的聲音。徐翰烈一邊搖頭一邊走向門口。

「晚點見。」

白尚熙在身後向他道別。徐翰烈已經開了門正要走出去，又回頭看了他一眼。被子半遮半掩的白尚熙躺在床上對他揮手，那沐浴在晨光下慵懶的姿態，儼然是幅動態畫報。光是把貓貓狗狗獨自留在家都會讓人掛心不捨了，更別說是正在熱戀的另一半。徐翰烈想要轉過身去，卻遲遲無法挪動雙腳。

他費了一番勁才收回視線離開房間。在門前等待的楊祕書朝他彎腰行禮，他簡單點了下頭便率先走了出去。一出家門，他便決定要換掉大門電子鎖的密碼。從以前他就不喜歡有人隨意進出他的私人空間，就算是楊祕書或姜室長都一樣。尤其更是不想要被別人打擾他們兩人獨處的時光。

就在徐翰烈要搭電梯時，楊祕書的手機正好響了。楊祕書確認來電者身分後，看了下徐翰烈的反應。

「你接吧。」

楊祕書有些猶豫不決，直到進了電梯才按下通話鍵，接起電話後說的「你好，我是楊俊錫」也聽起來比平常還要緊張。待對方開口說完第一句話，他劈頭就是道歉。

在後方看著他的徐翰烈不禁歪頭，電話中偶爾傳出來的聲音乍聽之下總覺得很耳熟。楊祕書似乎很在意徐翰烈的反應，只敢默不作聲地聽著對方說話，還擔心聲音會傳出去似的，用雙手摀著手機。

徐翰烈猛然伸手將他手機奪了過來。楊祕書還來不及阻止，徐翰烈就已經看到螢幕上顯示的來電者是徐朱媛。他毫不避諱地把楊祕書的手機拿到自己耳邊。

「又怎麼了？」

「……什麼，是翰烈啊？」

「有什麼事需要一大早就這樣轟炸人。」

徐朱媛長嘆了一聲。手機被搶走的楊祕書在一旁不知該如何是好，說不出話來。徐翰烈也不管，直視著他的眼睛，繼續和徐朱媛通話。

「徐會長需要找楊祕書興師問罪的事，百分之百是我的問題嘛。這次又是什麼事惹妳煩心了？」

「你四天前的晚上是跟他在一起嗎？」

「他是指誰，尚熙？」

「不然還會有誰？」

「有什麼好問的，我有哪個晚上不是跟他在一起？」

「不要在那邊開玩笑，給我正經一點回答。你們那時候還去了駱山公園對嗎？」

「徐會長是怎麼知道的？派人跟蹤我們了？」

電梯在通話期間已抵達地下停車場。專人司機見到徐翰烈和楊祕書出現，趕緊下車替他們打開後座車門。徐翰烈上車就座的動作俐落一氣呵成，還催促著另一頭的徐朱媛：

「是不是啦，妳派人跟蹤我了嗎？」

徐朱媛無言以對地「嘖」了一聲：

「我怎麼可能做出那種齷齪的事情來？你還沒看今天的新聞？」

「什麼新聞？」

徐翰烈邊問邊看向副駕駛座的楊祕書，楊祕書反應很快地將平板電腦遞給他。填滿螢幕畫面的是《The Catch》的官方網站，是一家專門在爆料演藝圈八卦的媒體。

占據首頁的一張照片吸引了徐翰烈的注意。照片拍到了白尚熙和徐翰烈深夜在公園散步的身影。由於是從遠方拍攝，加上四周一片漆黑，所以人物並不清晰。但是要說這兩人就是「池建梧」和「徐翰烈」的話，確實是可以輕易辨認出來的程度。

新聞標題為：池建梧深夜約會，約會對象是？底下附註的簡短內文寫說他們捕捉到了白尚熙和徐翰烈出現在公園的身影，也一同刊登了兩人在那家烤魚老店吃晚餐的模樣。看來那天他們大概是被名為狗仔的某個跟蹤狂尾隨了一整路。

徐翰烈忽然間想到了文成植，畢竟他跟《The Catch》曾經結下樑子。徐翰烈曾讓《The Catch》獨家報導日迅集團家族和白尚熙之間的關係，交換條件是他們必須隱瞞白尚熙的過去。問題是，誰也無法保證記者能夠遵守這個約定到何時。

況且文成植還懷疑過白尚熙和徐翰烈兩人之間的真實關係。縱使兩方曾經進行過短暫的友好交易，也無法確定對方的疑心已經完全消除。

「哎，連這種東西也要報……」

「我是不是千叮嚀萬交代，叫你們要小心。你跟他現在就等於是行走的新聞製造機。那些人都在等著看能不能挖到一點點蛛絲馬跡，然後你們還非得要這樣自爆？怎麼就這麼不懂事呢？」

「要小心什麼？我為什麼要躲躲藏藏的？我又沒有犯下什麼滔天大罪。」

「我的意思是不要引人耳目，為何要假裝聽不懂我的話？你難道真的不知道，當眾人的關注都集中在你身上，一點芝麻小事都可能會被挑出來成為討論話題。」

「我繼續活下來，可不是為了要看那些人的臉色。」

電話另一端再次長嘆了一口氣。明明沒有做錯事，卻必須被當成一個錯誤來看待。因為身在高位倍受關注，受檢視的標準也變得更加嚴苛。每一句發言、一舉一動、一個眼神，全都會成為攻擊的箭靶。公司老闆的個人言行有時甚至會影響到整家公司的盈虧。只不過是在經營企業，世人卻以高道德標準來要求經營者，真是一件很累人的事情。

不對啊，竟然以個人性取向拿來作為喪失繼承資格的事由，這本來就沒有道理吧？

「就只是那種一般常見的娛樂新聞而已嘛，妳何必要為了這點小事怕得發抖？」

「對手本來就已經夠多了，現在還製造出原本不存在的敵人來，你的位子根本都還沒坐穩吧？總之我想說的是，在這種處境之下暴露出你的弱點，是沒有半點好處的。」

「不存在的敵人是在說誰，朴成近？那個人這麼快就跟妳告狀了？」

「重點不在那裡吧？既然提到這件事，那我想順便問一下，你到底是對他做了什麼？才去沒幾天而已，他就在那邊說什麼他覺得很受傷？」

「我又沒怎樣。」

「他說你的態度很缺乏基本常識。」

「他自己就很有基本常識喔？」

「又來了，我說一句你就要頂一句。又不是完全不懂得為自己盤算，為什麼要擺出這種態度？這些人都是爺爺生前栽培的人馬，你只要稍微順應他們的習性喜好，他們應該就會自動站在你這一邊，你為何對待他們態度老是這麼尖銳？」

確實，培養出有用的人才是最費工夫的一件事。不僅要投入高昂的成本，還不能確保一定能夠獲得相應的回報。因此，若能深諳用人之道，就相當於提升了企業的整體生產力。至少對徐朱媛來說是如此。

但是徐翰烈就不一樣了。他忽然間嚴肅而低沉地喊了一聲：「徐會長。」連在一旁假裝沒聽見這對姊弟講電話的楊祕書都不禁頓了一下，注意起他的神色。

「我的人我自己會挑，我不想連這個都要按照老人家的安排。」

徐翰烈的話還沒結束，接著補充道：

「還有您好像貴人多忘事，我一路活到現在不是為了幹什麼大事。如果不能隨心所欲地得到我想要的東西，那我也沒什麼理由好再繼續活下去了。」

「呵，本世紀的浪漫主義者降臨了是吧。」

徐朱媛不留情面地酸他。徐翰烈也不甘示弱回道：

「至少我工作方面不會隨便亂來，徐會長大可放心。現在包括妳和宗烈在內，想必大家都因為不敢招惹我們家尚熙而急得跳腳。看來我還是需要一些影響力，其他人才不會老是盯上他，這點心思我還是有的。假如徐會長真的希望公司發展好的話，就別像現在這樣嘮叨個沒完，最好是祈禱我的熱戀期不會這麼快結束，這樣對徐會長來說才更是有利。假如能幫忙擋下那些不相干的新聞就更好了。」

一口氣把自己想說的話說完，徐翰烈遂切斷了通話，將變安靜的手機拋還給楊祕書。

在那之後，他便一直板著臉瞪向窗外，直到行駛中的車子因紅燈停下來的時候才再次開口：

「那則新聞的反應怎麼樣？」

「幸好反應還滿正面的，您要親自看一下嗎？」

楊祕書再次遞上平板。畫面顯示著某則貼文和下面留言的截圖，而且不是只有一張。徐翰烈將圖片往旁邊滑，整排的螢幕截圖被他一張張滑了過去。

「這些是？」

「是今天那則新聞的即時留言，以及幾天前上傳在某個論壇的貼文截圖。推測是在本部長和池建梧先生一起下班的那天之後，該論壇便開始傳出目擊情報的消息。」

「目擊情報？」

徐翰烈提出單純的疑問，更仔細地看了下相關的貼文。如同楊祕書所說的，上傳貼文的日期是三天前的晚上。

**我昨天在駱山公園看到池建梧。**

——什麼時候？

——（原PO）晚上！怕給他們造成困擾所以沒有即時上傳

——和誰啊？

——（原PO）好像是朋友？一起去那邊散步的感覺

——沒證據騙肖A

——+1

——+2原PO放假消息賺流量

——（原PO）有從遠處拍到照片但不敢隨便上傳

——就是在騙人啊 e04

——眞假？我昨天也有看到一個很像池建梧的人耶，他穿什麼衣服？

——這又是啥

——阿貓阿狗都能隨便遇到他哈哈哈哈哈

——是不是在拍攝啊？新戲嗎？

——（原PO）因爲很快擦身而過沒有看得很淸楚，好像穿著半高領之類的衣服

——這種目擊情報我也寫得出來

——天啊 出正式新聞了

http://www.thecatch.co.kr/1395859292

幸虧這則爆料並沒有附上其他照片或影片。但徐翰烈的心跳還是沒來由地加快。他回想和白尚熙約會的那天，唯一有機會和其他人正面相迎的地方就只有烤魚店了。好在那邊的客人並不是活躍在社群論壇或社交媒體的年齡層。

在公園散步時，除了他們兩個之外，幾乎完全沒看到其他人的蹤影。可是從《The Catch》的新聞報導或目擊情報來看，只是他們當時沒有意識到而已，事實上正在注意他們的人看來還不少。

那天自己和白尚熙有做出太明顯的親密舉動嗎?徐翰烈不敢確定。也難怪徐朱媛會一早就急著想要處理這件事。雖然徐翰烈依舊認為這件事沒什麼好報導的。

他滑到下一張圖片,好幾個社群媒體帳號的貼文陸續映入眼簾。跟剛才那則貼文一樣,有的只是單純分享目擊情報,或大致推測兩人的關係,有的甚至附上了模糊的照片,總之各種形式都有。

**半夜出去運動結果看到演員ㄔㄐㄨ。和他在一起的那個人好像也是明星?**

**池建梧和徐翰烈來公園耶,是住附近嗎?**

**我好像看到ㄔㄐㄨ,背著一個人不知道是不是他女友。**

徐翰烈讀著截圖中的文字慢慢恢復了鎮定。本來沒動靜的嘴角不知不覺間翹了起來。楊祕書一直在觀察他的反應,這時開口請示:

「需要處理嗎?」

「你打算怎麼處理?民主國家怎麼能夠妨礙他人的言論自由呢?還是你想告他們侵犯我的私生活,把尚熙和我在一起的事變成公開的既定事實?」

「……」

「就別管了吧，反正也維持不了多久。」

徐翰烈無所謂地做出了結論。和徐朱媛講完電話後不高興的神情在短時間內好轉了許多。他繼續直盯著平板，似乎覺得網民們的反應十分有趣。

「是說『沒證據騙肖A』是什麼意思啊？髒話嗎？」

徐翰烈忽然充滿疑問地冒出一句自言自語。他歪歪頭，隨即抬起頭來望向副駕駛座。

「楊祕書你知道是什麼意思嗎？」

「不曉得。」

「那司機先生呢？」

「這個嘛，我也不太清楚……」

「我會去查一下的。」

「好吧。」

徐翰烈重新點開新聞看著白尚熙和自己被拍到的樣子。照片中的兩人笑得無憂無慮。他已經想不太起來當下確切的對話內容和情境了。而且畢竟是偷拍照，其實也沒有把他們拍得多好看。

儘管如此，徐翰烈的目光卻始終無法從照片上離開。這是他首次以第三者的角度，旁觀自己與白尚熙相處的時刻。莫非，這就是他覺得自己笑得像個傻瓜的樣子看起來如此彆扭的原因？

徐翰烈第一次知道自己竟然也會有這種笑容。

「……非凡的情誼啊。」

他念著文章的最後一句話，試著想像了一下，如果白尚熙和自己的關係完全曝光的話會是怎樣——屆時的轟動程度，應該是現在無法完全比擬的。但他竟然冒出一種想法，覺得就算是那樣也不錯，想著想著就閉上眼睛笑了起來。他承認，自己也是瘋得無藥可醫了。

✦

「你知道我有多緊張嗎？就怕你真的被爆出戀愛緋聞！都叫你要小心了，還給我第一天就被狗仔拍到照片，到底是怎樣哈！」

姜室長在車子行進的過程中一直是七竅生煙的狀態。白尚熙完全沒有把他機關槍式的嘮叨認真聽進去，而是專心瀏覽著網路上傳開的新聞。畢竟他和徐翰烈並非男女關係，兩人感情好已經是眾所周知的事情。他們也不是在娛樂或聲色場所被目擊到，也沒有被捕捉到可疑的親密行為，就只是去公園散步兼運動而已，他搞不懂為何這樣也能出新聞。這算是一種間接證明，代表世人對於他們的關注程度非比尋常。

「我還以為有被拍到關鍵性的畫面呢。」

「什麼叫關鍵性的畫面，臭小子！你在外面到底都幹了些什麼！」

「跟我的交往對象約會啊，還能幹嘛。我可是有把室長說的話聽進去，所以才忍著沒有在外面親嘴。又不是什麼大不了的事，何必要這樣對我破口大罵？」

「蛤？你說我怎樣？」

「網路上的反應感覺很寬容啊，還有什麼問題？」

白尚完全一副無所謂的態度。本來怒氣沖沖想反駁他的姜室長頓時啞口無言，最後只說了：「吼，實在是。」逼著自己嚥下這口氣。他確實也沒有什麼話好回擊白尚熙，因為大眾對於《The Catch》發出的新聞反應意外良好。

人們對於白尚熙和徐翰烈能夠像親兄弟一樣，或是展現情誼更為深厚的模樣感到驚訝。當前最受矚目的演員和全國數一數二的大財閥繼承人竟然在公園散步，這種極為日常的畫面反而給人們帶來一種新鮮的衝擊。甚至還有人懷疑這是他們跟《The Catch》串通發的宣傳性新聞報導。

人們之所以對這則沒什麼爆點的新聞反應特別熱烈，跟徐翰烈既有的形象有很大程度的關聯。他本來的形象是個呼風喚雨、傲慢放肆的財閥富二代，喜愛放縱和享樂，是個動不動就出現在社會新聞版面的問題人物。究竟是何種佳話事蹟真實地影響了社會大眾對徐翰烈既存的認知呢？畢竟並非親眼所見，勢必會對這類消息抱持懷疑。

就是在這時候，徐翰烈被親眼目睹在一家灰敗簡陋的老店舖吃飯，還悠然自得地在公園蹓躂。以前有人在二十四小時營業的血腸湯飯餐廳巧遇他的事也再度成為話題。看似天上天下唯我獨尊的財閥公子哥，卻展現出這種親民灑脫的反差樣貌，似乎形成一股意想不到的魅力。這點從《The Catch》新聞出來之後，徐翰烈的社群媒體追蹤人數激增的現象就可以看得出來。

在短短幾小時內，有關他幾年前開始金援國內器官移植中心和研究所、資助兒童移植患者的消息迅速傳開，甚至還接連地出現報導指稱他也鉅額贊助了人工心臟方面的研究。不曉得消息來源是出自日迅的公關室還是相關企業公司。考慮到這是一種節稅手法，很難排除他有可能是選擇了有利於講述企業故事的單位進行捐款。但即便是如此，這已經足以贏得大眾的好感。

白尚熙的嘴邊綻放出微笑來。他不在意別人如何看待自己，從以前到現在都是如此。但見到徐翰烈被這麼多人稱讚，他卻覺得異常欣慰。他希望能讓更多的人知道，徐翰烈是多麼可愛、是一個多值得被愛的人。

「我說你啊，不但不知反省，還在那邊嘻嘻傻笑個什麼勁！」

「我哪裡做錯了？」

「我會這麼苦口婆心，是因為在這個圈子裡，光提升形象是不夠的。你覺得那些人只對你好的一面感興趣嗎？要是連你的過去全都一起翻出來，到時候你怎麼辦？所以我才會說在那之前，你要懂得低調一點嘛，這有那麼難嗎？」

姜室長帶著氣急攻心的表情倏地轉過來瞪他，激動到上半截身體都脫離了安全帶。

「被發現的話也沒辦法啊，只能承認那些都是事實。」

「你聽聽看你說的那像什麼話……！」

「哪裡不像話了？」

始終盯著手機的白尚熙瞬間抬起頭，登時和一臉驚詫的姜室長四目相覷。

「為什麼不能承認？」

語調雖平淡，卻不像是在開玩笑，亦非無謂的虛張聲勢。他的意思只是說，萬一真相曝光，那也沒辦法，自己不會費盡心思去隱瞞。對於自身的命運和未來，他仍然是抱持著一種聽天由命和接納一切的態度。如此超脫的心態，根本與出家人無異，只差沒剃髮而已。

「大概是神明有聽見我的祈禱，翰烈才能夠安然無恙地待在我身邊吧……但誰知道神明會不會哪天又突然改變心意？所以，我想當作明天不存在一樣，就算明早無法再睜開眼也無怨無悔，我想要試著活出那種人生。」

這樣看來他也不是出家人，是隻撲火的飛蛾。那個總是用第三者角度冷眼旁觀自己人生的先生是上哪去了？單單因為徐翰烈這一個變數，他竟然可以變得如此魯莽衝動。

姜室長咋舌，忍不住搖頭。

「誰有辦法攔得住你啊，你這小子從來就不肯聽我的話！」

「別這樣說嘛，至少姜室長會支持我的吧？我可是與全世界為敵耶。」

「做你的大頭夢去吧，你的愛情遊戲第一個保不住的就是我的飯碗，要我支持你？我還想帶頭叛變咧。」

姜室長咬牙切齒地恐嚇說：「到時我肯定搶先把你宰了。」而白尚熙只是回了句：「請便。」對於他的威脅一笑置之。

就在他們爭辯的期間，車子抵達了《以眼還眼》這部戲的拍攝現場，在某個天主教教堂前方停下。停車場已經滿是劇組的拍攝用車，白尚熙的保母車一時找不到該停在哪個位子。某位工作人員過來朝他們行禮，似乎認出這輛是白尚熙的車子，親自引導保母車開至預留的車位。

白尚熙一下車，對方再次低下頭打招呼。白尚熙和姜室長也跟著向他點頭。工作人員朝著對講機通知說：「池建梧先生到了。」沒幾秒，對講機那端隨即傳來要他們趕緊準備的要求。

「請馬上去梳化吧，今天拍攝許可時間比較短。」

「好的。」

工作人員請求他們諒解，白尚熙欣然地跟著對方走。

今天預定拍攝《以眼還眼》第一集最精彩的場面，也就是希在的祭司聖秩授予儀式。這是第一集的結尾場景，也是在暗示操控「執行者」的幕後黑手究竟是誰的重要橋段。

先前導演有指示過，為了讓觀眾不對希在的真實身分起疑心，要白尚熙直到最後一刻都表現出正直又節制的神父形象。為了掌握祭司聖秩授予儀式實際的氛圍和流程，白尚熙不曉得看了多少部的相關紀錄片。

這是他頭一回為了演出特定角色特地做功課，先前的演技都是憑藉著本能發揮而已。這次的關鍵之處在於，神父的生活和白尚熙一直以來盲目的人生簡直是天差地遠，他不能任意涉足一個自己不甚瞭解、從未接觸過的世界。一下子貪心過度反而容易栽跟頭，所以必須耐心地探索，不緊不慢地逐一征服。這是他從得到徐翰烈的過程當中悟出來的方法。而今天，則是要將他在腦中具體想像了一遍又一遍的演技實際展現出來的時刻。

迅速準備完畢之後，白尚熙進入教堂內。或許是因為場地的特殊性，很微妙地被某種無形的氣場所凌駕。從氣氛莊嚴的背景音樂，到演員服裝、甚至是一個小小的擺設道具，全都煞費苦心在營造儀式獨特的肅穆氛圍。現場大概動員了一百名以上的演員。到處都設置了不同類型的攝影機，好讓拍攝構圖更加多元化。這也是白尚熙馬虎不得的理由。

白尚熙移動視線找到了導演。李導演站在祭壇前，正與攝影導演慎重地交換著意見。白尚熙走過去想順便跟他打聲招呼，周圍正在待機的演員和工作人員紛紛跟著他轉動著脖子。導演和攝影導演察覺到異樣，朝白尚熙這邊看過來。一遇上兩人視線，白尚熙便鞠躬問好。

「導演好。」

「喔，你來啦……」

說著，導演目瞪口呆地把白尚熙從頭到腳打量了一遍。攝影導演也用鏡頭試著拍了一下他的模樣，露出滿意的笑容。

白尚熙已經完全裝扮成「希在」這個角色。他的瀏海整齊地放下來，掩蓋住額頭和濃密的眉毛，用妝容改變原先氣色，打造出更為溫順柔和的形象。服裝並沒有太過特別之處，就只是在白襯衫黑褲子上方套了一件白袍而已。他的腰帶並沒有完全束緊，即便如此，那筆直的寬肩和優越的身材比例仍是非常醒目。

「哇賽，池建梧先生，超出了我的想像耶。果然有當過模特兒的，穿什麼都是天生的衣架子啊。」

「就是說啊，現在就這麼帥了，之後要是換上神父裝，大家可要暴動了。」

讚嘆到不行的話語讓白尚熙無聲地笑了，因為他想起徐翰烈跟他保證過一定會很好看。

「還請幫我拍好看一點。」

「什麼都不用做就很好看了啦，別擔心。」

攝影導演鼓勵性地拍了拍白尚熙的背，然後朝自己位置走去。「這還用說嗎！」李導演也附和搭腔，接著為白尚熙說明動線走位。

「這場聖秩授予儀式的戲只拍臉部特寫，然後一鏡到底。儀式的流程有我們導演團隊的工作人員在一旁幫你指揮，所以不要意識鏡頭，自然地去演就可以了。拍攝過程中如果有需要進行補充的場景，之後會再另外處理。」
「我明白了。」
「來，首先這張是儀式的流程，旁邊有附簡單的圖片，請看著這個把它具體形象地表現出來。」
「好的。」
白尚熙從導演手中接過腳本，上面依照流程順序簡略地描寫了演員的動作和臺詞，也附有簡單的分鏡。白尚熙很自然地聯想到了紀錄片裡的那些場景。
很快地，副導演過來通知他們拍攝已準備就緒。
「導演，已經準備好了。」
「那就開始吧。」
副導演遵照指示，用整座教堂都聽得見的洪亮嗓門大吼：
「所有人請準備！拍攝即將開始！」
燈光亮起，所有工作人員都各自就定位子。演員們也都站在指定定點等待導演發出提示的信號。
白尚熙這時已回到教堂入口，站在祭司團的後方。四周慢慢安靜下來，現場開始播放起了悠揚的聖歌。

「現在開始拍攝《以眼還眼》第一集，第四十三場，Take one!」

「Ready! Action!」

導演的指令一落下，聖歌的音量稍微變大，頓時一股肅穆的氣氛降臨現場。主教和祭司團緩慢沿著通往講壇的走廊邁步，宣告了儀式的開始。祭臺後方細長的彩繪玻璃透射出一道道七彩而神祕的光芒。

白尚熙一步一步走向十字架，一面回想希在的心境。對他來說，現在的聖秩授予儀式是他作為神唯一的代理人獲得正式認可的場合。這並不是一介凡人能夠輕易理解的思維。

白尚熙從過去的自身經驗當中尋找靈感線索，找出最渴求神垂憐的瞬間，以及人生當中最驚奇的剎那。

他想起在葬禮上再次見到當初一聲不響就消失的徐翰烈，完整憶起自己伸出雙臂緊緊將他擁進懷裡的感覺。當時都還來不及享受重逢的喜悅，徐翰烈便突然發作倒下。無能為力的自己只能待在急診室和加護病房外，無助地一再祈禱徐翰烈能活下來，那些時光接連浮現在白尚熙腦中。

移植手術結束後，等待著遲遲無法醒來的徐翰烈，當時又是懷著何種心情？就算要奪走自己的一切都沒關係，只求上天能把徐翰烈還來就好——白尚熙想起那無數個苦苦乞求的夜晚。一點一滴努力武裝起來的心，在見到徐翰烈睜眼的瞬間，便無可救藥地潰不成軍。深深的安心與感激令他渾身如風中柳絮般哆嗦了起來。

清楚注視著十字架的白尚熙神情頓時變得相當悲壯。抿成一條線的嘴巴和眼眶細微地顫動。攝影機沒有錯過他神情的轉變，持續地捕捉畫面。

「安希在．西蒙。」

「我在。」

領受聖秩的祭司們被負責的祭司逐個唱名。白尚熙欣然應答，從座位上起身。渙散的空氣一時之間彷彿全流向他的周圍。

他接著走到主教面前，虔誠地一鞠躬，然後雙膝下跪。主教慢慢伸出雙手，他兩手合掌覆在其上，微微低下頭，準備立下誓言。

「安希在．西蒙，你應許尊敬服從我和我的繼任者嗎？」

「是的，我應許。」

低沉的嗓音悠遠地擴散開來。信徒們像約好了一樣，雙手合十垂下了頭。

「天主在你身上開始了美好的工作，願天主完成它。」

完成立誓後，白尚熙胸腹完全貼地，整個人伏地趴在講壇前鋪上的白布，代表願意身處最低處來執行被賦予的任務，是個非常崇高的誓言。

對於沉浸在自己認知中的希在來說，這等於是受到了神的感召。他似乎深受觸動，高舉的雙手微微顫抖，嘴角也幾不可見地抽搐。

白尚熙起身後，跪坐在祭壇前。祭司團走過來，依次把手放在希在的頭上，為應許做出聖祭的他給予祝福。接下來他被換上純白色的祭衣。稍微動一下，白色的下襬便像斗篷一樣飄動起來。乍看之下，比起神職人員，他更像是一位白衣騎士。可能是他厚實的胸廓和寬闊的背部使然。

儀式將近尾聲，剩下最後一個流程。這是被任命爲祭司的希在首次「降福」的場面。他站在祭壇上，祭司團都跪在他面前。信徒們也從座位上站起來低下頭。白尚熙按照劇本的指示慢慢舉起右手。

「願全能的天主，聖父、聖子、聖靈，降福於在座的所有人，阿門！」

從身後照射進來的陽光灑落在白尚熙背上，形成了柔和的光暈。無比神聖且強烈的能量凝聚在他身上。白尚熙在這般光輝下俯視著向他低頭的祭司和信徒們。平穩的嘴角頓時露出了一絲微笑。那副比誰都還要善良純潔的面孔在眨眼間被破壞，染上了邪惡的氣息。

「卡！」

導演的一聲令下打破了沉重的寂靜。緊接著，只聽見大口呼吸的聲音此起彼落。

演員和工作人員們無一不在忙著舒緩因緊張而僵硬的身體。在拍攝過程中，一股神聖而莊嚴的氛圍持續籠罩著現場，因此誰也不敢輕易開口。所有人不約而同望著李導演，等待他的下一個指令。

白尚熙用姜室長遞過來的礦泉水潤潤喉，然後走向李導演，要和他一起確認拍攝的畫面。他坐在個人專用的椅子上看著主攝影機拍攝的影像。由於主攝影機整段都是用全景拍攝的，白尚熙無法仔細掌握到自己的演技表現如何。他只覺得那適時灑進來的陽光，和支配了整座教堂的聖潔氣氛非常絕妙。這恐怕不是能夠刻意營造出來的效果。

李導演沒有發表任何評論，繼續查看著白尚熙的特寫鏡頭。他中途也不時暫停畫面，慎重地觀察著白尚熙的表情。

「池建梧先生覺得如何？」

過了片刻，李導演一臉意味深長地詢問白尚熙的意見，後者只是笑著回說不曉得。不知何故，他這次莫名有種拍攝成果還不錯的預感。

聽到敲門聲，徐翰烈答了聲：「請進。」眼神朝門口投去。他暫時關閉了一直拿出來看的手機，白尚熙的自拍照消失在變黑的螢幕之中。楊祕書進來的時候，徐翰烈正巧把手機翻面蓋在桌上。他用尋常的語氣對著點頭敬禮的楊祕書問道：

「有什麼事嗎？」

「昨天您說的那份名單已經準備好了。」

「是嗎？拿給我看看。」

楊祕書大步走近，將親自製作的報告書遞了過去。徐翰烈直接當場確認起報告書內容。他要楊祕書將過去這一兩年來在晉升方面踢到鐵板的職員名單整理出來。第一頁便一目了然地列出了符合條件人選的姓名、所屬部門、年假天數等資料。翻至下一頁，上頭接連記載了該職員們的履歷人事資料。

「不過您要這個是……」

楊祕書小心翼翼地發出疑問。他雖然應徐韓烈的要求制訂了名單，但似乎完全不曉得這份名單的用途。

「楊祕書要是勤奮賣命地工作了半天，卻完全得不到任何回報，你會有什麼感覺？」

「嗯……可能會很傷心難過？」

「不是，你應該會覺得爛透了吧？看著跟自己同時期進入公司的同事升得比自己還要快，已經夠讓人忌妒了，要是連後輩都超你車呢？這樣是很難保持平常心的。不僅感到沮喪，還充滿憤怒，意志消沉是一定的。明明這麼痛苦，卻又無法說不幹就不幹，這是為什麼呢？」

「這個嘛……」

「可能他沒有什麼自尊心，要不就是他的處境不容許他這樣賣弄自尊。」

楊祕書聽了徐翰烈的補充之後，還是無法完全掌握他的意思。徐翰烈也沒有再進一步說明，而是在列表中的某些名字上做了相同的標記。經過他一番篩選出來的這些人，具有實務經驗豐富、業務涵蓋領域廣的特點。他們還有一項共通點，就是即便表現良好，卻都曾經受到上司苛刻的評價。

徐翰烈把看完的報告書重新還給楊祕書。

「我上面有打勾的那些人，把他們至今為止負責了哪些工作、如果有參與專案，是擔任什麼角色、專案的成果如何，把這些重新整理後交上來。還有去查一下負責人事評價和考核的主管是誰。啊，還有他們在職期間有沒有發生過什麼糾紛，這個也一併調查清楚。」

「您有什麼打算呢？」

「這些人之所以在往上爬的時候一直滑落下來，是因為沒有東西可抓嘛。我想給他們放條繩子試試。」

楊祕書臉上閃過一絲猜測。徐翰烈點點頭，肯定了他的預感。

「聽說我們公司的錄取條件相當嚴苛？那麼當初這些人應該也不是光憑運氣進來的，再怎麼說都具備一定的水準。假如是空降部隊的話，代表背後還有個足以信賴的靠山，這樣的人不太可能每次升遷都失利。當一個人孤立無援的時候，哪怕只是一條有交換條件的繩索，他都會像抓住救命稻草一樣開心。我也會繼續觀察，反正要是苗頭不對，到時再將那條繩子切斷就好。畢竟，最為強大的，莫過於那些擁有實力、樂在其中、以及別無退路的人。而且我發現，別人不要的東西，跟我意外地合得來。」

聽起來，徐翰烈似乎想把工作能力卓越卻被排擠在公司內部政治之外，或是遭到上司冷落的那些人集結起來。雖然是有點冒險，但在楊祕書看來也覺得這個作法還算不錯，他於是默默地向徐翰烈表示：「我知道了。」

如果徐翰烈不打算要接納朴成近和他的親信們，那麼他勢必要加強自身對公司的掌控力。為此，徐翰烈需要一個能夠獲得員工和股東支持的憑據。既然無法在別人考核的依據下隨心所欲地用人，那就只好用自己的方式來淘汰篩選了。

楊祕書等到徐翰烈說出「你可以出去了」的指示，彎腰行了個禮。就在他正要轉身離開時，徐翰烈的一聲低嘆挽留了他的腳步。

「唉，林宇英還沒有消息嗎？」

「對方說會考慮之後再跟我們聯絡。」

「你覺得有機會嗎？」

「感覺得出來，他很好奇我們是為了什麼事而聯繫他。」

「那你再對他稍微慫恿鼓吹一下吧。機票也先幫他買好寄過去。」

「好的。」

楊祕書再次頷首後便離開了辦公室。徐翰烈等他關上門之後，重新拿起手機開啟螢幕畫面，繼續欣賞白尚熙的自拍照。

儘管身著純白色的祭衣，白尚熙卻和禁欲或純潔的形象沾不上邊。照片中的他正在車裡休息，模樣顯得十分放鬆。瀏海被他隨興向後撩起，完整露出特地遮蓋的額頭及眉毛。半躺半坐的姿勢，甚至使得喉結尤為顯眼凸出。不論是他漫不經心低頭看著鏡頭的眼神，還是那噙著獨特笑意的唇畔，沒有一處不是充滿了邪魅誘人的味道。就是因為這樣才……

徐翰烈輕「嘖」了一聲，螢幕畫面突然一變，是白尚熙打電話來。徐翰烈沒想太久便觸碰了通話鍵，把手機拿到耳邊的同時，身子向後深深陷進椅背。

「不是叫我傳照片給你？嗯？」

白尚熙甫開口就對徐翰烈這段時間的沉默提出疑問。看來他在將照片送出之後，相當期待對方的反應。這也難怪，徐翰烈明明在收到訊息後立即讀取了那張照片，卻始終沒有給他半點回覆。

徐翰烈輕笑一聲，告訴他自己不懷好意的感想：

「那部戲，真的可以繼續拍下去嗎？看你那個樣子不像祭司，倒是比較像撒旦。」

「如果是這樣的話，才更是選對人了。」

「立刻自我吹噓起來了啊，白尚熙，你最近臉皮變很厚喔。」

徐翰烈消遣戀人之餘，自己也笑得很開心。白尚熙亦隨之莞爾：

「笑成這樣，看來其實也不討厭嘛。」

徐翰烈沒有否認。

「那當然，狂妄放肆的模樣正是我們尚熙的魅力所在。」

「徐翰烈則是從以前到現在都彆扭得這麼可愛。」

「說什麼啊，你很幼稚欸。」

「對啊，我就是想變得幼稚無極限。」

也不是具有什麼特殊意義的話，徐翰烈耳朵裡的小絨毛卻自動豎起，無可奈何地感到心癢。來上班沒多久就開始的偏頭痛，和累積到現在的疲勞感也隨之一哄而散。

「難不成你想變得比現在還誇張喔？」徐翰烈罵歸罵，嘴邊卻始終掛著笑容。

「我早上看到新聞了。」

「嗯，連這麼無聊的事也可以上新聞，是不是因為池建梧太紅了。」

「那篇報導有造成你的困擾嗎？」

「又不是什麼了不起的大事，有什麼好困擾的。」

「沒事的話就好。是說原來你還做了那麼多善事，我都不曉得。」

「你明明就知道原因，少在那邊裝。反正不管是繳稅還是捐款，既然都是要撒出去的錢，當然要選擇對我更有利的那一方。而且，」徐翰烈又補充道：

「既然都要活下來了，我當然要活得久一點才行。畢竟，白尚熙只會比我多活一天而已嘛。」

「嗯。」

白尚熙只回了他一個字，語氣聽起來幾乎不帶笑意，卻還是讓徐翰烈的心不爭氣地軟了下來。從他平靜的語調，和令人安心的呼吸聲當中，可以感受到欣慰、滿足、幸福，還有一縷希望的氣息。

徐翰烈在過去的人生中從未體會過幸福或希望這些抽象概念。白尚熙大概也是如此。這樣的兩個人開始正視彼此，開始培養出對對方的珍愛之情。僅僅是這樣一個轉變，卻在他們心中激起了波瀾，湧現出這輩子未曾感受過的各種情感。實在是很不可思議。

兩人後來進行了極為普通的日常對話，就像是徐翰烈匆匆轉移了話題一樣。他們聊午飯吃了沒、是吃了什麼、有沒有誰來攪局、剩下的行程安排是什麼、大概幾點能結束、有沒有辦法一起下班回家這類的問題。儘管已經聊了這麼多，但在說好晚上見並結束通話時，居然還是有種意猶未盡的感覺。

就在徐翰烈心想該放下手機的那一刻，突然又收到來電。又是白尚熙打來的。徐翰烈猜大概是白尚熙不小心撥錯了，所以盯著手機沒有接。沒想到電話還是一直響個不停，他只好按下通話鍵。

「怎麼了？」徐翰烈的語氣聽起來滿腹狐疑。

「掛掉電話之後，又覺得很捨不得。」

白尚熙真心的玩笑話讓徐翰烈啞然失笑，嘴角忍不住地上翹，開口卻言不由衷地抱怨：

「所以怎樣？我們就不要工作了，一整天這樣聊個沒完？」

「我覺得這是個好辦法。」

「看來你很閒嘛，可惜我不像你閒閒沒事幹，所以別再講一些有的沒的，掛了。」

「我愛你。」

猝不及防的告白讓徐翰烈愣住。他表情瞬間僵硬，腦筋一片空白，甚至失去了語言能力。就在他一個字也擠不出來的時候，白尚熙再次低語：

「翰烈啊，我愛你。」

「……嗯。」

再不回他的話，感覺他會一直重複下去，徐翰烈被逼得不得不給出答覆。聽見徐翰烈像是被迫回應的畏怯語調，白尚熙發出爽朗的大笑。那如清泉般沁人心脾的笑聲，讓徐翰烈絲毫生不出埋怨的想法。

他不禁想，不知能不能偷偷期待一下，期待這平凡的日常能夠一直持續下去。以前的他曾經盼望，就算自己這副軀殼已病入膏肓、內部滿是瘡痍，只求上天能讓他留在白尚熙身邊，哪怕只是多一天也好。如今，徐翰烈早已遺失當初的那份心境，他的貪念日復一日地滋長，變得益發貪得無厭了起來。

SUGAR

슈가 데이즈 Sugar Days

# 04

## Opening Gambit

SUGAR DAYS

DAYS

隨著《以眼還眼》和《人鬼：The Revival》的製作正式開跑，白尚熙也開始了忙到人仰馬翻的生活。早上人還在抱川的攝影棚，晚上卻得趕去遙遠的南海或高興郡那邊工作，中間還得不時抽出空檔完成畫報和廣告的拍攝。

製作公司也早早就開始了宣傳活動，各自爭相放出新戲開拍的消息，也公開了劇本圍讀或新戲拍攝的現場花絮照，還透過輿論或相關媒體公佈了作品的劇情大綱和精彩看點，以及預定公開日期等相關資訊。

每當這兩部作品釋出劇照或相關影片，總是獲得相當熱烈的迴響。幾乎是所有的社群媒體和社交平臺都在不停地上傳這些內容，而且廣為傳播，不斷重複地播放著。至於那些滿心等待著白尚熙復出的粉絲，他們的狂熱程度自是不用多說。

而白尚熙穿著神父裝亮相的模樣，更是成為了熱門話題。製作公司在官方帳號上發布了這張照片的當天，即創下了數十萬次的引用和回覆，算是驗證了徐翰烈當初的預測。

對於白尚熙將一人分飾兩角並擔綱主演，擔憂和期待的聲音可說不相上下。仍然有許多人認爲他只是碰巧遇到了好作品，並沒有承認他的演技。

更別說《以眼還眼》這部戲沒有明星演員，目前的討論度和關注熱度能否維持到作品上映還是個未知數。網路上的反應不一定與作品的實際成功有直接的關聯性，這一點也是擔憂的因素。

有些媒體和評論家擔心這部戲製作成本如此高昂，最後會淪為華而不實的作品。也有人擔心題材太過刺激，不曉得海外市場能否接受，萬一收視票房失利，恐將影響到其他韓國影劇的製作。

如此這般，白尚熙肩上感覺背負了不小的重擔。但是沒有辦法，任何人想贏得普羅大眾的認可，都需要透過一些過程和結果來證明為何自己是被選中的那一個。當然了，白尚熙的野心是否有大到那種程度，這點倒是要打上一個問號。

過去那段期間，演戲對白尚熙來說無非是一種賺錢的方式。由於這一副不管去到哪都在彰顯著存在感的姣好面容和身材，他成為演員只不過是物盡其用罷了。既然對這份工作毫無追求，當然也不可能保有任何動力和熱情。虛有其表沒有靈魂的演技，怎麼可能吸引得到好評呢？

曾經是那樣的白尚熙，如今卻是判若兩人。不知從何時起，他逐漸發生了轉變。相較於過去，他面對工作的態度和表演的深度都變得不同，似乎開始對這份工作產生興趣，有時甚至還展現出前所未有的企圖心與堅持。

也許演戲對白尚熙來說成為了一種手段——向冷漠的世界展現自己、證明自己的價值，甚至是吸引徐翰烈注意力的唯一方法。

『我拚死拚活地工作，可以做的我全都做了，為的就是不要想起你，那怕是一瞬間也好。就因為是我害你多受了許多苦，所以我試圖像過去那樣，想盡辦法要放棄你。等到你不會再因我而感到痛苦的時候，不管你在哪裡，都希望你再見到我的這副模樣後能重新改變心意。』

白尚熙當時這種死纏爛打的態度很不像他，粗暴且笨拙到不行。但也許就是因為這樣，更能感受到他的渴望是何等迫切。

往日的他就像是一棵淺根的大樹。因為從未真正安定過，所以不知道向下扎根的方法。表面上看似華麗又穩固，實際上卻是十分脆弱危險，隨便來一陣風就能將他吹得倒地不起。

徐翰烈的人生也曾跟他一樣岌岌可危。殘酷的生命如同一粒粒細砂土，越是想要緊緊抓牢，越是一點一滴地從指縫間滑走。曾經脆弱不堪的這條命，與白尚熙的根柢錯綜纏繞在一起，支撐著白尚熙，描繪出了他從未奢望過的未來。

既然這樣，徐翰烈想成為更牢靠、更遼闊的大地，讓白尚熙在這片土地埋下的根能夠繼續茁壯成長，長成他無法隨意抽身離去的程度。儘管徐翰烈心中萌生的這種想法，在某些人眼中看來，也許算是一種不太正常的執念吧。

「來得這麼早？」

聞聲，徐翰烈一抬眼，便看到徐朱媛直直朝他走來。「妳來啦。」徐翰烈對她笑了笑，徐朱媛也跟著露出笑容。她和徐翰烈面對面而坐，亦趁著就座的短短幾秒鐘機靈地溜轉眼珠，仔細打量對面的人，似乎是在推敲徐翰烈突然來找自己所為何事，還有觀察他的身體狀況和精神狀態如何。

徐翰烈注意到她的視線，頓時將自己的平板轉向徐朱媛那一側。身穿神父裝的白尚熙占滿了整個螢幕畫面。

「怎麼樣？我們家尚熙很好看吧？」

「拿走，看了就沒胃口。」

見到徐朱媛表現出的嫌棄樣，徐翰烈哈哈大笑了起來。徐朱媛用鄙夷的眼神瞟了他一眼。既然能這樣開玩笑，代表他應該沒有什麼特別的異狀，氣色和心情看起來也都很好。

這讓徐朱媛感到更加好奇，不曉得徐翰烈執意要約自己出來吃午餐的原因是什麼，而且還臨時約在日迅的公司餐廳內。雖然曾在這邊各自招待過別的賓客，但一起在這裡用餐還是頭一遭。

「明明有這麼多餐廳可以選，為什麼偏要來這裡？」

「外面的餐廳有比較好嗎？人多眼雜的。」

「是有多重要的事情要講，這麼怕人家看啊？」

「誰說一定要有特定目的才能來這裡，光是少了那些煩人的目光就已經夠棒了好不好？」徐翰烈環顧著餐廳內部說道。

「偶爾來一次很不錯啊，感覺就像是自家廚房一樣。」

徐朱媛聽他彷彿沉浸在感概之中，不像只來過一兩次的語氣，不自主擰起了眉頭。她帶著揣測追問：

「你之前也來過是不是？」

「嗯，跟尚熙來過幾次。」

「哈，你以為這裡是給你們兩個幽會的地方啊？」

「我當然知道不是，不過……」

徐翰烈露出一抹耐人尋味的笑：

「要是在外面約會又被拍到的話，我們會長大人應該會更不高興吧？」

徐朱媛氣得張嘴想罵人，卻又吶吶閉上了嘴。明明感到很火大，一時之間卻又找不到話可辯駁。徐翰烈說得沒錯，要是不畏他人眼光在外面四處走動被逮到證據，到時候處理起來一定不是普通棘手。理智上明知這是最好的選擇，內心卻始終難以接受。凡是和白尚熙扯上關係的事，她總是無法輕易釋懷。

「那萬一有狗仔跟著你們呢？那些傢伙要是想調查這裡到底是在做什麼的，哪天偷闖進來的話你怎麼辦？」

「那是那些跟蹤狂的錯吧，憑什麼要我為他們負責？」

「你說什麼？」

「上次的新聞反應滿好的不是嗎？拜他們報導所賜，成功把我的形象洗白成一個兄弟情深、樂善好施，甚至意外親民的財閥家族第三代。我認為完全是利大於弊呀？」

「簡直是胡說八道。」

「我們徐會長就是太愛擔心了。我已經不是三歲小孩，不會在外面亂來了好嗎？」

徐朱媛搖了搖頭，似乎乾脆放棄跟他溝通。

餐廳經理這時走來，非常親切地招呼他們並奉上菜單。韓國傳統手工紙質的菜單上，用秀麗的字體寫著今日供應的餐點。兩人看過之後點頭表示同意，餐廳便由開胃粥開始，依序為他們送上各式高級韓式料理。姊弟倆慢慢享用著餐點，繼續他們的對話。

「所以是為了什麼事？你竟然會特地找我吃午餐。」

「特地在營業日來找徐會長見面，想也知道我的意圖不單純吧？」

調皮的回應讓徐朱媛忍不住笑出聲。她隨即放下筷子，雙手交叉在胸前睨視著徐翰烈，擺出一副「那我倒要聽聽看你是想說什麼，要是一派胡言的話絕對會馬上打斷你」的態度。

「你需要什麼？」

「需要會長大人無形之中的明確支持？」

「又在講什麼啊？少在那邊兜圈子……」

「我的拿手好戲就是跌破眾人的眼鏡嘛，這次也想找個機會表現一下囉。」

徐朱媛的表情變得難看了起來。聽了徐翰烈這些像在打啞謎的話，她當然免不了心存猜疑。徐翰烈也不在意她的反應，將自己的計畫全盤托出。

「我想在明年的股東大會之前整頓一下公司的體質架構。表面上看起來是身強體健沒錯，但內部其實都是些腐敗的多餘脂肪團塊。這種內虛外實的病弱體質，不但沒有競爭力，還會砸了日迅的招牌吧？」

「剩這麼一點時間有可能做到嗎？沒事把事情搞這麼大，要是沒辦法解決善後，他們可是會把帳都算在你頭上的。」

「我也知道，因此我在猜，朴成近大概會乖乖答應這項提議。就算他反對好了，其實我也只要獲得具代表的批准就行了，其他人的意見不重要。只是具代表的勢力太過薄弱，而我則是寡不敵眾。在各方面都屈居劣勢的局面之下，要是又事事受阻就很難辦了。所以，顯然是需要強大的援軍來助陣才行。」

徐翰烈說到「強大的援軍」時，直接指向了徐朱媛。徐朱媛默默勾起一側嘴角，頻頻點頭，似是要他再把話說得更清楚一些。這番話算是成功地挑起了她的興趣。

徐翰烈於是逐一指出他目前發現日迅人壽有哪些問題，也說出哪些癥結點是需要立即解決並且如何處理。雖然大致上都是已知內容，徐朱媛還是慎重仔細地聆聽他的意見，偶爾還會提出其他解決方案，或為他指出威脅的因素，也不時向他拋出一些提問。姊弟之間難得進行了一場極為建設性的談話。

吃完飯後，徐朱媛看著徐翰烈，露出一個微妙的笑。徐翰烈問她笑什麼，她才把藏在心中的疑問給說出口。

「我對你的做法是沒有什麼意見，我只是想知道你為什麼要認真到這種地步？有點嚇人欸。」

「哪裡嚇人？是怕我覬覦徐會長的位子嗎？」

「怎麼可能。」

「對啊，怎麼可能。我才不會忘恩負義地去貪圖姊姊的東西。我已經打定主意了，以後要洗心革面好好做人。畢竟我男友名氣有點大，要是一個不小心沒弄好，可是會拖累到他。」

徐朱媛對他的決心嗤之以鼻：

「我才不信。」

「我說真的啦，只要沒有人來動我們家尚熙的話，我會一輩子當個善良的好人。」

徐翰烈咧嘴笑著補充的這句話簡直等同於警告。徐朱媛只能無奈地呵了一聲，咂嘴之餘忍不住搖頭。

為了確認有沒有出現什麼值得關注的新聞報導，徐翰烈正不太情願地盯著電腦螢幕。要當作午餐的三明治被他擺在一旁，完全沒動。

沒隔多久，徐翰烈便和刊載在某篇新聞裡的白尚熙打了照面，滾動滑鼠滾輪的手隨即停下。他出神盯著照片裡的白尚熙，然後移動游標去點擊新聞底下附的網頁連結。那是刊登該圖的某家知名雜誌社的官網。一連過去，就看到白尚熙的照片被登在首頁，似乎是幾個禮拜前他接受復出採訪時一併拍攝的。

徐翰烈點擊照片，連去那篇專訪的頁面。不出所料，畫面上接連出現詳細的訪問內容和多組附圖。白尚熙在每一套拍攝當中都展現了截然不同的形象。一下是知性的企業家，一下是精神狀態異常的犯罪者，一下子化身勇往直前無所畏懼的戰士，一下子又變成對人類無愛的術士。

照片裡也出現了大型犬、幾隻貓咪、蛇，還有兔子等動物。奇特的是，兩種拍攝主體之間，竟感受不到任何的連結性。儘管身處同一畫面之中，白尚熙和動物們看起來卻彷彿是兩個毫不相干的世界。

白尚熙完全不在乎動物們是否在他周圍探頭探腦，抑或朝他靠近接觸。他有時露出銳利的眼神，有時又垂落視線，像是快睡著一般望著前方。徐翰烈注視著他那雙冷漠的眼，想起了很久以前第一次見到他的那個時刻，實在是有生以來，頭一次遇見這麼缺乏反應的人。

徐翰烈微微「嘖」了一聲，向下捲動著網頁的手突然一震——他在毫無心理準備的狀態下，赫然撞見網頁最下方的B版追加照。照片中的白尚熙臉上帶笑，低頭看著那隻伸出貓掌想要觸碰他下巴的貓咪。見到他兩眼瞇成一條線，露出柔軟笑顏，徐翰烈的心臟無端怦怦狂跳起來。

「……靠，嚇我一跳。這算哪門子的B版嘛。」

徐翰烈的目光久久無法從照片上移開。編輯表示這張照片與畫報主題不符，因此只好作為B版本釋出。這段備註莫名使得他心生反彈，難以苟同。

過了好一會，他才又發現附在文章末端的另一串網址。按下連結，隨即跳轉到雜誌社的YouTube頻道。頻道上傳了白尚熙接受採訪的影片，封面縮圖裡的他打扮成《人鬼》裡的造型，披著一件現代改良款的男子韓服外衣。徐翰烈稍微瞄了下時間後，才點選了影片播放。

「好的，我們現在要開始訪問『Gorgeous』大明星了，首先請跟訂閱我們頻道的粉絲打聲招呼吧。」

「大家好，很高興見到各位，我是演員池建梧。」

「是的，很歡迎你來。你在之前正當紅的時候突然消失在螢幕前，過了整整半年才回到大家面前，當時有許多人對你突如其來，而且是歸期未定的活動暫停聲明感到非常地擔心呢。所以呀，當然要來請你說一下關於這次復出的感想囉。」

「嗯……就像是好好睡了一覺之後醒過來那樣，腦袋很清楚，心情也很好，體力方面也有種充電完畢精力充沛的感覺。一想到未來的事，就覺得滿興奮的。」

「心情很好、很興奮啊……我想其中一項因素，應該是源自你的高人氣吧？現在不是到處都想邀請你過去嘛。據我所知，好像近期大部分的作品都有請你去參加試鏡，廣告邀約也都要照順序排隊，紅成這樣，要說是大勢之中的大勢也不為過呢。」

聽著這些誇張的奉承之詞，白尚熙只是垂下雙眼視線，無聲微笑。他的表情，乍看似是有些難為情，也有可能早已習以為常，又有點像是滿不在乎，總之是個相當游刃有餘、難以捉摸的微笑。看著他，便忍不住會想，這個笑容代表什麼意思？為什麼要這樣笑？白尚熙身上那股總是令人想一探究竟的氣質依舊如故，是他長久以來魅惑人心的方式。就是這種不設防的放鬆狀態，使得對方也跟著卸下了防備。

果不其然，編輯的聲音和語氣都變得柔緩了許多。

「你在暫停工作的期間，主要都在做些什麼呢？」

「就只是好好地休息，讓自己每天只看美好的東西，只想好的事情。」

「喔，是有去哪裡旅行嗎？」

「對，算是類似的活動。」

「很好奇你是去了哪裡耶，也想知道你玩得開不開心。不曉得可以稍稍透漏一點嗎？」

「這個可能有點困難。大家不是都說，越是寶貴的東西，越要懂得私藏嘛。」

「啊，太過分了，其實是怕常去的愛店變得太有名對吧？想要自己獨占喔？」

「對啊，是想要獨占沒錯。」

看他臉上堆滿笑容，徐翰烈不禁嗤了一聲。白尚熙那段空窗期，事實上就等於徐翰烈的療養期。白尚熙起先在醫院和住處之間往返，接下來就被一起關進了殺菌消毒過的別墅裡。每天都枯燥乏味地重複著例行公事，即使外出，也頂多是在別墅附近散步，或在門前曬曬日光浴。連飲食都遭受到限制的生活，怎麼可能有多開心享受。

儘管如此，白尚熙的感想聽起來卻不顯得虛假或像是謊言，這一點令徐翰烈感到有些奇怪。不知道是不是自我意識過剩，但白尚熙口中「美好的、寶貴的東西」，感覺就像是在暗指徐翰烈自己似的。這應該是種錯覺吧，他想。

「你突然宣布息影，對粉絲們而言應該很錯愕，聽說他們都很擔心你是不是出了什麼事呢。不曉得決定暫時休息是有什麼特別的理由嗎？」

「只是有種，非這麼做不可的急迫性。」

影片中的白尚熙竟笑得有些苦澀。那副模樣落入徐翰烈眼中，讓他一時呆在了螢幕前。

就在他打算把影片倒回去重看時，叩叩敲門聲猝然響起。徐翰烈被嚇得一抖，看向時鐘，才發現不知不覺已到了約定的時間。他趕緊關閉網頁，說了聲：「請進。」

楊祕書隨即開門入內，畢恭畢敬地低下頭。

「本部長，林宇英先生到了。」

「喔，請他進來吧。」

「是。」

楊祕書再度離開辦公室，把客人領了進來。徐翰烈也從座位上起身迎接對方。表情僵硬地走進辦公室的人，是徐翰烈在美國念MBA時的同窗——林宇英。他目前在美國的一家管理顧問公司擔任財務管理專家。

「你來了啊。」

「是的。」

徐翰烈主動要和林宇英握手，林宇英有點反應不過來，糊里糊塗地與他回握。他臉上不見歡欣的神色，而是帶著濃濃的疑慮。這也難怪，畢竟林宇英在取得學位之前就已經從事過國際會計師工作，年紀也大了徐翰烈十歲左右。儘管他們是同學，過去卻幾乎沒有進行過什麼實質性的交流。兩人原先攻讀MBA的出發點就不同，在學校主要也都和自己差不多類型的人來往。

聽說林宇英在第一次收到楊祕書的聯絡時，也一再詢問徐翰烈找上自己的目的何在。即便此刻兩人已直接見到了面，他的眼神中仍然充滿對徐翰烈用意的好奇。

「那邊先請坐吧。咖啡可以嗎？」

「麻煩請幫我準備低咖啡因的，如果有的話。」

徐翰烈朝等在一旁的楊祕書簡單使了個眼色。楊祕書彎腰告別後便安靜地離開了辦公室。

「好久不見了呢。」

徐翰烈在沙發上坐下，首先拋出一句基本的問候。略為侷促地環顧著辦公室的林宇英這時才看向他的眼睛。

「是啊，我有聽聞你的消息。」

「什麼消息，我時日不多的消息？」

徐翰烈故意開玩笑反問，林宇英連忙搖了搖頭：

「不是，是關於你接手日迅人壽的事。」

「所以，是覺得羨慕？還是覺得厭惡？」

林宇英沒有即時給出回答。他的臉上露出一種不太明白對方意圖的神色，探究的眼神慢慢地把徐翰烈審視了一遍。徐翰烈笑了起來，意思彷彿在說他沒必要那麼緊張。

「我並不指望你會對我抱持著什麼好感，但假如你來到這裡，卻還背地裡對我懷有敵意的話，那我們不過是在浪費彼此時間而已。」

林宇英的表情變得更加困惑。

重新響起的敲門聲暫時打斷了兩人的對話。楊祕書進來後替林宇英送上咖啡，然後便退至徐翰烈身後，並沒有離開辦公室。

林宇英有些訝異地觀察了一下杯子裡的咖啡，因為他聞到一抹非常熟悉的香氣。他禮貌性地啜飲了一口，馬上抬起眉毛露出驚訝不已的神情。很顯然，這杯咖啡使用的是他平常愛喝的低咖啡因耶加雪菲原豆，就連雙份濃縮的加倍濃郁風味都完全是他平時的喜好。

到底是怎麼知道的，林宇英在心中驚訝的同時，亦生出一絲警惕。

「所以究竟是為了什麼事？你居然會找我見面。」

林宇英像是想終結這股不安，決定單刀直入地問個明白。徐翰烈撇嘴一笑：

「難不成是找林宇英先生來敘舊的嗎？你應該也是有所期待，才會願意這樣大老遠專程跑來吧？」

徐翰烈一語道破對方心中所想，接著悄然舉起手來。只見楊祕書走過來遞了份文件給他。徐翰烈親手翻開文件放在林宇英面前，並維持著上身前傾的狀態，專注地盯著對方的臉。

「林宇英先生是出了名的聰明不是嘛，傳聞都說，你在目前任職的這家公司做起事來得心應手，絲毫不拖泥帶水。」

林宇英聽到這裡不禁歪了下頭，看來是隱約猜測到大概的目的了。徐翰烈用下巴指了指放在他面前的文件，印證了他的想法：

「我想邀林宇英先生一起共事，年薪部分，看是想要你目前待遇的兩倍還是三倍，我們都能滿足你的期望。在職期間不用太長，只要待個一兩年就好，假如你想要繼續留下來也可以，覺得不合適，想走的話也無所謂。」

林宇英此刻才看了下徐翰烈給的那份文件，原來正是一份勞動契約。文件中已詳細規定了所有工作條件，唯一空白的只有簽名欄和薪酬欄位。

問題是，他現在領的薪水已經算是相當優渥了，徐翰烈竟然還願意答應給到現在的兩三倍，這種提議簡直是空前絕後，別的地方不可能會有這種好康。林宇英不禁對徐翰烈選擇自己的理由產生了疑問。

「這裡應該也有不少財務會計方面的專家吧？」

「是很多沒錯，但你也知道的，我是空降部隊嘛，沒什麼人會給我好臉色看。而且牽涉到金錢這種敏感問題，總是要格外謹慎。要是隨便交給一個人來負責，說不定他碰巧就是別人手下的爪牙呢。」

完全可以想像得到這種情況的發生。林宇英也很清楚職員們面對空降主管會有怎樣的心情，越是能力優秀或效忠於公司越久的人，相對剝奪感就越大。更何況徐翰烈還這麼年輕，對那些年長的高層老鳥來說，他儼然就是一枚眼中釘。

而且，徐翰烈的健康問題仍然是他的一大致命弱點。由於不確定他的病會不會再次發作，似乎沒有人願意出面表態支持他。這也是為什麼徐翰烈要把沒有特殊情分的林宇英找來日迅，他大概是想鞏固自己尚未穩定的人脈基礎。

林宇英感到十分驚訝，他一直認為徐翰烈和其他那些玩世不恭、自視甚高的財閥第三代沒什麼兩樣。事實上，在他就讀MBA時期所接觸到的那些傳言或新聞報導中，徐翰烈的形象和他先入為主的成見其實相差無幾。

是徐翰烈的心境在這幾年間發生了什麼變化嗎？難道他從鬼門關前走了一遭回來之後，突然懂事開竅了？

「合約細項可以再慢慢調整沒關係，但能不能請你現在當場決定，你是否願意接受這份合約？我沒有那麼多時間可以等待。」

林宇英抿緊嘴角陷入了思考。這麼好的條件，無論是對誰來說都非常有吸引力。是以他也更加猶豫，依然不太明白這種好運為何會降臨在自己頭上。況且，必須當場給出答覆的這項要求也讓他有所顧忌，擔心自己會做出錯誤的判斷。

另一方面，林宇英內心也生出一絲微妙的焦慮感。他之所以會對自己被選中一事產生懷疑，是因為這是個誰都能勝任的工作，並不是非他不可。

「只要林宇英先生按照我交代的去做，別做一些不必要的事，我想這會是個明智的選擇。或許可以更快地達成你特地跑到美國，卻始終難以實現的目標。」

這時的徐翰烈看準林宇英的處境，補了臨門一腳。他用最能打動對方的說法催促對方做出抉擇。林宇英並沒有苦惱太久。

「我好像沒有拒絕的理由。」

「很好喔，判斷情勢相當迅速果決。」

徐翰烈滿意地笑了笑，然後看了下手錶上的時間。確認完時間的他隨即詢問楊祕書：

「準備好了嗎？」

「是的，他們都已經集合在第三會議室裡了。」

「那我們一起過去吧。」

徐翰烈說完馬上起身，楊祕書過來協助他穿上外套。徐翰烈對著還坐在位子上的林宇英說了句：「走吧。」

林宇英滿臉丈二金剛摸不著頭腦，遲疑地跟著起身。

「是要去哪……」

「去了就知道。」

徐翰烈沒有做出任何解釋就離開了辦公室。楊祕書恭敬有禮地指引著茫然站立的林宇英跟上前去。

三個人來到了第三會議室。一開門進去，在裡面等待的職員們通通從座位上站了起來。眾人紛紛鞠躬打招呼，但所有人臉上一致露出不明就裡的表情。

徐翰烈很自然地走到上位入座，同時讓和他一同出現的林宇英坐在他的身旁。

「各位請坐吧。」

不敢多問什麼的職員們安靜地就座，坐下後持續左看右望，努力揣度出現在這裡的人員組合代表了什麼意義。在這氣氛有些混亂的當下，徐翰烈為自己和林宇英做了個自我介紹，吸引了在場所有人的注意。

「我是經營企畫本部長徐翰烈，這位是在紐約 R&W 管理顧問公司工作的國際會計師，林宇英先生。其他人也簡短地做一下自我介紹吧？」

徐翰烈對聚在會議室內的人們環視了一圈，於是從座位離他最近的人開始依序介紹自己的所屬部門和職責。

「啊，是，我是財務部科長閔世真。」

「我是行銷部的代理，我叫金仁赫。」
「我是企業管理部的次長禹在元。」
「我是IT實驗室的李盛敏。」
聚集在會議室裡的人清一色皆是代理到次長等級的職員，所屬部門也包含了會計、行銷、商業支援、經營管理、客服、以及IT等各個部門。
全部介紹過一輪之後，職員們再度用疑惑的眼神望著徐翰烈。徐翰烈一一迎上那些要求他說明的視線，開始表達他的想法。
「我打算從現在開始，和在座的各位共同成立一個經營革新專案小組。」
出人意料的宣言，讓整間會議室掀起一陣嘩然。不只是突然間說要成立專案小組的這項決定，還包括小組成員們的陣容，徐翰烈就任後的第一步行動實在太不按牌理出牌，太過激進了。不同於必須在短時間內交出成果的CEO，已內定好未來晉升資格的高層們，通常在爬到上面的位置前，行事都會盡量保持低調。尤其身為集團總裁家族的成員，才不會蓄意製造出讓自己受到裁決的事端。根本就沒必要自找麻煩。
即使如此，徐翰烈仍是選擇了一條冒險的道路。
「這個專案小組對外將會稱作IFRS TF（國際財務報導準則）團隊。新的財務報導準則即將上路，而我們公司在這方面的準備不夠充足，這一點正好可以拿來當作藉口。當然，我們所面臨的問題，不只這一個而已。事業都是要看長遠，並非做個一兩年就收手，想要長久經營下去，就得汰換掉老舊不堪的設備，改用最先進的裝備重新整頓。由於時間不太充裕，我們必須要速戰速決才行。不過各位可以不用擔心，所有的辛勞都會得到應有的回報，責任全由我一個人來扛，你們完全不需要看人臉色做事。還請大家，將過去一直以來未能展現的工作實力，盡情地發揮出來。」

✦

深夜，一輛保母車駛進了靜謐的地下停車場，在電梯口附近停下。只見車子的後車廂門自動開啟。

姜室長回頭看向急著要下車的白尚熙。

「把後車廂下面的保冷箱帶走吧，孩子們的媽說，越是忙碌的時候越要好好吃飯，所以幫你做了幾樣小菜。」

「你就跟嫂嫂說我都有按時吃飯嘛，不然每次都讓她這樣為我費心。」

「反正這也是她在準備家裡飯菜時順便一起弄的，你不用覺得不好意思。每次肚子一餓就隨便亂吃的傢伙，最好是會自己好好顧三餐啦。你現在家裡還有徐代表在嘛，為了健康著想，三餐還是要保持正常才可以啊。這些食材都是有機的，調味也比較清淡，應該不會有問題。」

「謝謝了，會好好享用的。」

「嗯，回去好好休息，明天見了。我九點過來接你。」

「好的，小心慢走。」

白尚熙帶著沉重的保冷箱下了車。姜室長沒有馬上把車開走，而是站在原地，一副要看著他平安進電梯才肯離開的架勢。

白尚熙習慣性掏出來查看的手機上無消無息。不對，上面其實累積了好幾通別人的未接來電，唯獨就是沒有徐翰烈的音信。白尚熙在出發前傳送給他的訊息顯示為已讀，讀雖讀了，卻沒有任何回覆。假如徐翰烈已經到家的話，應該至少會通知一聲的，難不成是他還在加班？都已經這麼晚了？

自從徐翰烈正式接手經營公司以來，兩人一同入睡和起床的次數大幅縮減。白尚熙為了消化之前推遲的行程，忙到都沒時間待在家，導致最近和徐翰烈碰面的時間過少。雖然仍經常保持聯絡，卻很少有機會進行長時間的交談。就算在家裡見到面，兩人在相擁入眠前的那段時間，也僅能匆匆交換幾句彼此的心情和日常近況。

就在白尚熙腦中反覆盤旋著各種念頭之際，電梯已到達地下停車場。他對著還沒開走的保母車點了個頭，然後踏進電梯，在轉身將背靠在牆上時長吁了一口氣。

預計短期內，大概都會是這樣的工作強度。當然，白尚熙不是被硬逼的，演戲這件事確實讓他享受其中，也帶給他很大的成就感，只是內心仍會感到疲累。電梯在此刻停了下來。他長長嘆了口氣，提起沉重的腳步。即便是在到家之前的短暫空檔，他也持續撥打電話給徐翰烈。然而他只聽見不絕於耳的回鈴音，電話始終無人應答。

白尚熙用指紋解開大門門鎖進入屋內，天花板的感應燈亮了起來。地上整齊擺放著徐翰烈的皮鞋。屋內似乎可聽見一陣微弱的手機震動聲。白尚熙一掛掉電話，那道聲音戛然而止，看來徐翰烈已經回到家了。他趕忙脫下鞋，疾步走進屋內。

客廳的燈是開著的，徐翰烈倚坐在沙發上，手上還拿著一疊不知道是什麼的分析文件。看起來是在等白尚熙回來卻放不下工作，文件看到一半直接睡著了。白尚熙在他面前慢慢蹲下，不出聲地端詳著他的臉。眉目如畫般秀氣，閉合的眼皮子底下毫無動靜，熟睡的呼吸聲聽起來是如此香甜。

「翰烈。」

白尚熙壓低嗓音喚了一聲，徐翰烈也沒有反應。他又看著徐翰烈的睡臉看了好半晌，然後拿起對方手中沒握緊的手機。上面一行未傳送出去的訊息，寫著「你的公ㄩ」。白尚熙稍早曾聯絡徐翰烈說自己拍攝結束了，問他人在哪裡。字都還沒打完，徐翰烈似乎是在回覆這則訊息的途中不小心昏睡過去。

白尚熙小心地托住徐翰烈的頭，接著輕輕扳動他的肩膀，讓他能夠完全將重量放在自己手上。徐翰烈原本直挺的身體這才向一旁倒了下來。白尚熙讓他的頭靠在沙發扶手，身子完全平躺。儘管稍微不安穩地動了幾下，徐翰烈的呼吸聲很快又大了起來，再度沉沉睡去。白尚熙不想打擾他好眠，打算洗個澡出來後再把他抱到床上去。

白尚熙拿了條毯子細心地蓋在徐翰烈身上，然後幫他把看到一半的文件資料整理好擺在桌邊。他趁機看了下那些文件，上面寫的全是英文，和一些完全看不懂的數據和圖表。他再次切身體認到，自己和徐翰烈根本是活在兩個不同世界的人。

當初要不是徐翰烈先去找白尚熙，他們倆這輩子根本不會有任何交集。

「……」

徐翰烈起初對白尚熙來說只是個異於常人的存在。然而時隔多年的現在，每當白尚熙回想起與徐翰烈初次相遇的情景，那彷彿十分遙遠的往事，總讓他冷汗直流，感覺天旋地轉。他完全無法想像，假如徐翰烈沒有出現，自己的人生會變成何種境地。那種缺乏渴望、沒有盼頭的生活，最後的下場應該是極其不幸且悽慘的吧——難得來人間走一遭，卻兩手空空一無所獲，未實現任何念想，渾渾噩噩過一世。

白尚熙盯著徐翰烈的睡顏看了許久，好像可以就這樣一直看到早上也不厭倦。直到無意間伸出手想觸碰對方，才猛然想起自己還沒洗澡一事。他連忙從地上爬起來，依依不捨地離開徐翰烈身邊，把保冷箱裡的東西放好之後便進了浴室。

沖完澡出來，徐翰烈仍然睡得不省人事。白尚熙再次蹲坐在他面前，靜靜凝視那張白嫩的臉蛋。就連睫毛微不可見的顫抖和臉上細小絨毛的飄動，都一概被他眼睛捕捉了下來。

他忍不住悄悄伸出手去戳徐翰烈的臉，嘴唇在臉頰肉遭到擠壓的情況下向外翹起。見狀，白尚熙不由得笑瞇了眼。

這番動靜讓徐翰烈驀地驚醒。他怔忡地呆望著白尚熙，一連緩慢眨了好幾下眼睛。

「……我在做夢嗎？」

徐翰烈用沙啞的嗓音喃喃自語著。白尚熙沒有回話，直接俯下頭吻他。嘴唇被輕柔地向下壓，復又澎潤地回彈。徐翰烈眼珠子動了動，目光梭巡著白尚熙近在眼前的臉龐。

「原來不是夢啊。」

自問自答的囁嚅聲中，同時帶著鬆了口氣的安心與悵然。白尚熙輕笑了下，如同按摩般揉捏他的耳朵。徐翰烈臉上不例外地起了小小的雞皮疙瘩。

「以前曾做過跟剛剛一樣的夢。我身體不舒服，躺在保健室休息，突然覺得好像有人在看我。當時處於半夢半醒的狀態，意識時而清醒時而模糊。每當我睜開眼睛，就看到眼前有個黑影在晃動，我還想說，這個人會不會就是傳說中的死神。」

傍晚的學校，空蕩蕩的保健室，完全敞開的窗戶間或吹進一陣陣的風，輕薄的窗簾下襬隨之不停飄動。感受到微弱動靜聲的徐翰烈張開雙眼，看見了某個人。嘴上雖說以為是死神現身，其實他不是沒認出那就是白尚熙。只是，當時的白尚熙完全無視徐翰烈的存在，就算碰巧狹路相逢，也總是冷冷擦肩而過，導致徐翰烈不敢百分之百肯定那並非自己的幻覺。尤其是那一天的他，還很反常地駐足在原地盯著徐翰烈看，也難怪徐翰烈會認為那天的記憶只是場幻夢，是自己的痴心妄想所投射出來的假象。

「那也不是夢。」

一句斷然的否定讓徐翰烈兩眼稍微睜大，原本睡眼惺忪的渙散瞳孔一下子對上了焦距，小幅度地動搖著。

白尚熙自然地湊近，往他嘴上啄了一口。在兩人鼻尖相抵的極近距離之下，白尚熙坦誠吐實：

「因為你太漂亮了，我站在那裡看著你，實在無法狠下心離開。」

徐翰烈聞言不禁咋舌，臉上出現難以置信的表情。事到如今才說出這種話來，未免也太過分了。

但這股怨氣維持不到幾秒，等白尚熙再次靠過來索吻時，徐翰烈已自動自發默默閉眼，毫不猶豫地接納了白尚熙，雙臂也順勢圈住他脖子。

白尚熙的手撫上徐翰烈的腰，自然而然地爬上了沙發。兩具軀體溫柔交疊，無間隙地相貼在一起。從用力摩擦後又放開，接著再次吻住彼此的唇瓣之間，不斷逸出嘖嘖的甜蜜水聲。由於呼在人中處的氣息實在太癢，雙方嘴角相繼失守，偷笑完之後，唇瓣又再度重合。

每一個共度的瞬間，都無比珍貴，滿是懇切，甚至不想蹉跎半分半秒在惋惜過去。光是互相分享體溫，就感覺這一整天得到了寬慰，根本無暇去理會工作時積累的疲勞。

「翰烈。」

「……嗯。」

床上的人因柔聲的呼喚而有了動作，卻感覺到整個身體像被浸泡在舒適的水中，使不上力。見他無法動彈，一隻大掌在他背部溫柔撫觸了起來。對方再次附在耳邊低聲叫著名字的聲音，讓徐翰烈情不自禁露出了笑容。不知從何時開始，早上不用再被煩人的鬧鐘吵醒，而是在一陣令人愉悅的攪擾下逐漸轉醒。唯一的問題點在於，這樣的起床號氛圍過於溫馨，反而更讓他睜不開眼睛。

今天也不例外，徐翰烈鑽進溫暖的被窩裡繼續賴床。他從後面把那隻不知是想叫自己起床還是想哄自己入睡的手掌抓到胸前，全身縮成了一團。對方一直到此時都還不厭其煩地搖著徐翰烈的身體試圖叫醒他，在他裸露出來的後頸和耳際處一下接著一下地親著。

「起來了，六點了。」

頭髮碰在脖子上感覺癢癢的。隨著對方的動作，徐翰烈最愛的那股香味也變得益發濃郁。他依然閉著沉重的眼皮，手卻自動往對方體溫來源的方向探去。一張充滿立體感的臉龐旋即欣然座落在徐翰烈的手掌裡。他摸著對方烏黑的眉毛與光滑的肌膚，在對方亂無章法親著他手心還搔癢他肚子時，咯咯笑著張開了眼睛。

微微拓展開的視野裡全是白尚熙。這張臉，無論何時都像一尊精心雕琢而成的工藝品。已經先洗漱過的他連皮膚都乾淨到在發光，完美得好不真實。

白尚熙用大拇指輕撓徐翰烈的額頭，似碰非碰的觸感使得徐翰烈睫毛微微顫動。只見盛滿了白尚熙身影的瞳孔眸色逐漸加深。每當察覺到這種變化時，白尚熙內心深處便禁不住地騷動。

他發出一聲輕笑，低下頭吻住徐翰烈乾燥的雙唇，分開後再輕輕互蹭了下鼻尖，然後問徐翰烈睡得好不好。徐翰烈點了點頭，繼續愛不釋手地摸著白尚熙的臉。白尚熙也胡亂地親吻徐翰烈那隻不安分的手，並暗中抓住他手臂。

「先起來吃藥吧。」

白尚熙托住徐翰烈的腰，一口氣將他扶起。趁著彼此鼻尖相抵，還突襲似的偷親徐翰烈一下，接著再把剛才準備好的開水和藥遞給他。徐翰烈二話不說地接過來把藥吞下。

一放下空杯，白尚熙便馬上把徐翰烈抱起來，如今已養成習慣的徐翰烈也乖乖伸手環住他脖子。白尚熙嘴唇貼上他熱呼呼的頸部肌膚，連續種下一個又一個輕吻。徐翰烈小聲哧哧笑著，手對著白尚熙的後頸和頭髮一陣亂揉。白尚熙把人放到體重計上，動作總是像在對待易碎物品那樣。徐翰烈順從地站上儀器測量體重，結果比昨天少了大約零點三公斤，不是什麼需要特別注意的顯著差異。

然而白尚熙表情卻變得十分嚴肅。

「你瘦了。」

「這只是多喝一杯水或少喝一杯水的差別而已。」

「別這樣，我們再量一次吧。」

「你實在是……」

徐翰烈無奈嘆氣，重新站上體重計，測量的結果還是一樣。

「看吧。」他回頭看向白尚熙。白尚熙由著他說去，拿自己手機拍了張體重計數據的照片，一定是打算跟徐翰烈的主治醫生聯絡，詢問他這樣有沒有問題。這應該算是反應過度吧？很顯然，這種誇張的保護方式已經成為白尚熙的常態。

白尚熙同時一併替他測量脈博和體溫。徐翰烈默默伸出手臂，也老實地朝他露出耳朵。白尚熙連體溫測量結果出來前的那短短幾秒也不願意等，在徐翰烈的臉頰上連親了好幾口。明明剛才還在擔心他瘦了幾公克，現在卻大剌剌地干擾他測量體溫。徐翰烈無言地笑了出來。

「你幹嘛，體溫都測不準了啦。」

「會嗎？」

嗶的一聲，測量結果顯示出來了。徐翰烈的體溫毫不意外地比平常高了那麼一點點。當然，這樣些微的差距還不至於到需要擔心的地步。

「我就知道會這樣。」

「再量一次吧。」

「誰叫你剛剛一直在那邊搗亂，給我。」

徐翰烈索性把耳溫槍從白尚熙那裡搶了過來，在白尚熙的注視下重新量了一次體溫。這次量出來的才是往常的溫度。徐翰烈炫耀似的把度數秀給他看。

「可以了吧？」

「嗯。」

「白尚熙果然是害人不淺哪。」

徐翰烈把耳溫槍推還給他，一邊用玩笑的語氣發出譴責。白尚熙抓住他的手在上面吻了下，簡直是隨時隨地逮到機會就要肌膚相親。徐翰烈無聲地注視著他，撫摸他耳朵。白尚熙也將嘴唇貼上徐翰烈的手，目光直勾勾地投去。

只要見到這個人的視線被自己完全占據，徐翰烈的嘴角便會不自覺地上揚。對徐翰烈來說，白尚熙是一座獎盃，是他和自己厭煩至極的人生對抗後所贏來的戰利品。

「還要繼續睡嗎？」

「不用，差不多該準備出門了。」

「那我幫你洗澡？」

徐翰烈揉他耳垂揉到一半，懲罰似的在上面彈了一下，揶揄對方顯而易見的心思：

「你確定你只想幫我洗澡？」

「被發現了？」

「老早就看穿你的詭計了。」

「那我真的單純幫你洗澡如何？」

「算了吧，把我當小孩啊？」

徐翰烈稍微推開白尚熙的胸膛，正打算走去浴室，下一刻又被白尚熙攫住手臂拉回去。他噗哧一笑，假裝拿白尚熙沒轍，和他嘴對嘴接了個吻，分開時還發出啾的一聲。白尚熙這才甘願鬆手放他走。

「我先去幫你準備早餐。」

「嗯。」

徐翰烈進了浴室，站在鏡子前趕跑睡意。只見白皙的肌膚上布滿了大大小小的吻痕。徐翰烈微微歪頭檢查自己的脖頸，就算穿上襯衫，似乎也有一部分痕跡會暴露在外。不知道家裡有沒有大一點的OK繃，他思忖著。

「又不是真的狗……」

老是迫不及待地用嘴啃咬吸吮。徐翰烈不禁搖著頭走到花灑底下。浴室裡瀰漫著白尚熙的沐浴香氣，水溫也已經調整在最適當的溫度。溫水從頭到腳澆淋在身上，徐翰烈的身體迅速放鬆，原本昏沉的頭腦也轉眼變得輕盈。他開始懷疑，人的體溫和身體之間的接觸，或許真的具有某種治癒的功效。

徐翰烈悠閒地沖完澡，在未乾的身體上披了件浴袍。從浴室出來時，臥室內已空無一人。他循著白尚熙的動靜走向廚房，看見白尚熙正在烹飪檯前準備早餐。儘管白尚熙也要忙著為出門工作做準備，但幫徐翰烈打理餐點這種事他卻毫不馬虎。而他自己則是隨便吃幾口切剩下的水果，或有點燒焦的培根，就這樣草草打發一餐。徐翰烈沒出聲地看著那道背影，良久後悄悄走過去，把頭靠在他的寬背上。白尚熙停下手邊動作回頭看他，衣服被他頭髮弄溼了也不介意，問道：

「洗好了？」

「嗯。」

話音剛落，白尚熙立刻將他整個人抱到烹飪檯上坐著。徐翰烈的雙手順勢捧住白尚熙的臉，兩條腿也盤在他腰上，心無旁騖地飽覽這張即便是一大清早也絲毫不浮腫的俊顏。白尚熙兩手撐著烹飪檯，把人圈在懷中，自己的臉完全任憑徐翰烈處置。徐翰烈髮梢凝結的水珠，經過了一段時間後，墜落在白尚熙的臉頰上。

即使被冰涼的水珠滴到，白尚熙連脖子也不縮一下，定定直視的目光也分毫不受影響。徐翰烈垂下了頭，用舌頭舔掉那朵綻放在他臉頰上的小水花。白尚熙幽幽深吸了口氣，放慢歪頭的動作，嘴唇疊上徐翰烈的。啾、啾、啾，他們就像是說好了，起初蜻蜓點水的啄吻漸漸演變成了濃烈的深吻。甜美纏鬥的兩舌之間混進了一抹淡淡的洗髮乳香，甚至連早晨涼爽乾燥的空氣也跟著變成蜜糖味的。

兩人的唇瓣過了許久才終於分開來，徐翰烈玩弄著白尚熙耳朵的手仍未停下。白尚熙毫無反抗地任由他摸，然後稍稍扭頭，把嘴唇埋進徐翰烈的手掌心。他伸出雙臂摟住徐翰烈的腰，把人往自己懷裡帶。

「怎麼辦，不想出門了。」

「撒什麼嬌，比小孩子還不如。是不是我平常太寵你了，開始變本加厲了啊？白尚熙。」

「就是仗勢著本部長的寵愛才敢這麼做嘛。」

白尚熙自嘲似的回道。勾起單邊嘴角壞笑的樣子煞是好看。光是看著他的笑，徐翰烈就覺得下身有些酥麻，不禁要感嘆這個人還真是行走的禍害。就這樣讓白尚熙隨便暴露在包含未成年的一般民眾面前，真的沒關係嗎？徐翰烈甚至產生這種不像話的質疑來。

垂眸咧嘴而笑的白尚熙倏地抬起了眼。徐翰烈閃躲不及，眼神被他纏上，身子不自主地輕顫了一下。白尚熙圈在他腰身的手臂收攏得更緊了些。

「乾脆什麼都別管了，我們逃去一個沒有人知道的地方？」

「你才剛開始工作多久，這麼快就受不了了？都特地幫你鋪好路了，總不能辜負人家的期待吧？」

「你對我有什麼樣的期待？」

「一個閃閃發光、令全世界覬覦的白尚熙？」

「哇，我們本部長的野心還真大。」

「那當然。如果你能收到超乎想像的愛和關注——那些你一直以來非常缺乏的東西，這樣不是很好嗎？」

「真是設想周到。」

白尚熙發出低笑，邊在他脖子上啾啾地吮吻，隨後側著頭，斜靠在徐翰烈的肩膀上。「可是啊，」白尚熙接續道：

「我只要有你的愛和關注就夠了。」

「我給的已經多到滿出來了吧？再多下去就過於執著了？」

「不是一直都很執著嗎？」

「你實在是……小心我哪天真的把你關起來喔。」

「真高興聽到你這麼說。」

「不知害怕為何物的傢伙。」

徐翰烈溫聲罵了他一句，然後低下頭去，動作輕柔地互相磨蹭兩人的耳朵，讓溫熱的臉頰相互貼在一起。一吸氣，鼻腔便充斥著白尚熙的香味。他撫摸著白尚熙尚未做過造型的頭髮，好像在摸著心愛的寵物。白尚熙也彷彿化身成一隻他豢養的大狗，被他抱在懷裡，接受他令人發癢的撫觸。呼吸自動沉穩了下來。

「拍攝現場怎麼樣？熱不熱？」

「熱啊，夏天這種天氣沒辦法。」

「怎麼會沒辦法，這種明明可以避免的事，你幹嘛傻傻承受。」

「只有拍攝的時候比較辛苦而已，其他待機時間幾乎都在車上休息，其實還好。你呢？公司的事還順利嗎？其他人會不會一直找你麻煩？」

「我說過，我一旦下定決心要做，就會貫徹到底。怎麼可能不順利呢？當然會照我的計畫走。」

徐翰烈自信十足的態度讓白尚熙笑了出來，接著肯定地回說：「是啊。」這句回答讓徐翰烈莫名感到安心，就好像不管他做了什麼選擇或發生什麼事，白尚熙都會無條件地相信他、支持他。另一方面也像是在鼓勵他盡情發揮，想要什麼就去爭取。除了白尚熙以外，徐翰烈周圍的人總是對他想做的事提出質疑，勸他別白費力氣。也許徐翰烈最需要的，就是像白尚熙這樣明確的支持，並且跟他說：你做得很好，一切都會按照你所期望的發展下去。

徐翰烈頓時把懷中人摟得更緊。白尚熙有些詫異地查看了一下他的神色，隨後才用臉頰慢慢摩挲他的臉。遂又在徐翰烈已經開始發燙的耳畔用低音輕問：

「現在要吃早餐了嗎？」

「嗯。」

如同把徐翰烈一下子抱上烹飪檯那樣，白尚熙一口氣抱起他走向餐桌。就連在這短暫的空檔裡，他也不放過在徐翰烈耳際與脖子大肆偷香的機會。

鍥而不捨又煩人的示愛攻勢終究讓徐翰烈忍不住開懷大笑，而白尚熙也完完全全被他的笑意所感染。

兩人最後沒走到他們的座位，直接坐在餐桌邊緣又接起了吻來。

但願這般甜蜜的早晨、這種胸中滿溢著幸福的日子，能夠永遠地持續下去。

SUGAR

슈가 데이즈 Sugar Days

# 05

## Sugar Devil (1)

SUGAR DAYS

DAYS

會議室的門猛然間被打開，聚集在會議室內的職員們全都朝門口看去。韓部長以為是莫名其妙亂入的妨礙者，剛皺眉罵了一句：「搞什麼鬼。」馬上在下個剎那臉色大變。因為開門闖進來的人正是徐翰烈。

韓部長唰地白了臉，慌慌張張站起身，趕緊向徐翰烈低頭說了句：「本部長好。」其他部門人員也相繼站起來問候徐翰烈。徐翰烈稍微點了下頭當作回答，並慢慢環顧會議室內部，接著視線朝正前方的投影機畫面看去。負責報告的職員被他這道明晰的視線給嚇得縮起身子，兩手恭敬交握在身前。會議室裡的空氣迅速凍結。

韓部長向徐翰烈詢問他突然不請自來的理由。

「請問您是有什麼事……」

「我聽說今天有行銷部部門會議，說要在開會時物色新的形象代言人。看來你們剛好正在討論是吧？」

徐翰烈用下巴指了下投影機的畫面。換句話說，他是來旁聽他們開會的。在完全沒有預告的情況下，部門職員全部面露難色，一個個開始坐立不安，眼睛四處瞟看。韓部長也同樣慌張無措，過了一會才後知後覺地趕快將自己的位子讓給徐翰烈。

「那、那就請您坐這邊吧。李度熙，幫本部長準備一下喝的……」

「沒關係，我不用。」

徐翰烈拒絕了韓部長讓出上座的提議，也叫住正欲出去準備茶水的職員，表示了謝絕之意。然後，他堂而皇之地走到職員們的後方，找了個空位落座。

「你們要一直那樣站著嗎？」

「啊，不好意思。大家坐吧，坐下。」

部門人員在韓部長的指示下依序就座。接著會議室裡持續了一陣尷尬的靜默。沒有人敢貿然開口，更不敢對上徐翰烈的眼睛。會議發表者也咬著他發乾的嘴唇，不斷注意著徐翰烈的臉色。

「不用管我，繼續進行下去吧。」

徐翰烈催促他。韓部長也趕緊點頭示意他繼續。發表者轉身面向畫面，嚥了一口口水，緊接著便在這團混亂的氣氛下重新開始發表簡報。

投影機投放出的畫面是日迅人壽目前的專屬形象代言人「芮珠恩」的照片，方才似乎正在分析過去這段時間的廣告成效。

徐翰烈面無表情地推算著畫面上顯示的數據，關於這部分，他早已透過專案小組的自行監控得知了結果。

專案小組提出意見，表示若想要在經營上有所革新，就必須重新改造公司形象。因為，日迅人壽一直以來都是依賴著母公司日迅企業的幫助才能維持穩定的業務，主要客群也是忠誠度較高的中老年人。

問題在於，直接影響到未來銷售額的新客戶率每年都呈負增長。隨著商業環境的急速變化，終身人壽保險或保障性保險的重要性日益增加，這也是為何目前的當務之急是要爭取更多的新客戶。由於中老年群體已加入保險或領取保障給付的比例較高，因此，增加年輕族群中尚未加入保險的新客人數，將會更有效益。

專屬形象代言人等於企業的對外形象，有時代表了企業追求的消費者理想面貌，有時亦是消費者投射自身的一個對象。現在必須來確認一下芮珠恩是否有符合上述這些條件。

身為時尚偶像的芮珠恩，是長久以來備受觀眾喜愛的一名演員。她的演技出色，參與過許多大作品。她擔任日迅人壽的專屬形象代言人已有四年以上的時間，然而在過去的十年裡，她的演藝活動並不頻繁。儘管公司提供的報酬與她名氣相符，但實際上她是否真的值那麼高的身價，還有待商榷。雖然她的知名度在蓋洛普民意調查中曾一度名列前茅，但那些都已是過去的輝煌事蹟。在三十歲以下的年輕族群中，有很多人是完全不認識她的。

發表者也暗示到了這一點。

「目前的代言人演員芮珠恩小姐仍然受到大眾的愛戴和關注。她自去年開始一直活躍於社群媒體，每一篇貼文的回應都很熱烈，洋溢著上流社會獨有的悠閒感。只不過，她已有十年沒推出任何新作品，而且由於前年移居夏威夷的關係，也不確定她是否會重返演藝圈。如今她的年紀也已經來到四十代中段班了，若是想要吸引二、三十歲的年輕人以拓展新客群，我認為或許有點難度。」

「真是不可思議。」

默默聆聽中的徐翰烈冷不防開口。包括發表者在內，會議室所有部門職員都同時望向他。徐翰烈絲毫不在意眾人集中的目光，聳了聳肩膀：

「這位演員沒有參與新作品不是這一兩年的事了吧？而且年紀也已經四十好幾，我們公司究竟是根據什麼理由一直延長她的專屬合約到現在？」

「那個……我們每年都有開會，試圖找到更好的替代人選，只是一直找不到人。您也知道，真正形象良好、知名度高，同時私生活也乾淨的藝人其實並不多。」

「你是在開玩笑？還是想展示上班混水摸魚的技術？每年至少都還能找到幾位新的替代人選吧？又不是所有的藝人都這麼不知檢點。而且，誰規定只能在同一個圈子裡找代言人？」

「是這樣沒錯，但考量到企業的形象，代言人須具備可靠且值得信賴的特質，還要有極為良好的聲譽……」

「光是主打完美形象能提高多少銷售額？我看我們企業形象也沒有因此改變多少啊。既然錢都花下去了，理應獲得相應的成效吧？」

徐翰烈掃視了會議室的眾人一圈，像是在尋求他們的認同。部門人員們只有眼球轉來轉去的，彷彿犯了錯似的低著頭保持安靜。

「話說回來，沒想到我們的金專務這麼單純啊？不對，應該說他各取所需這一點執行得很確實？」

徐翰烈完全向後靠在椅子上自言自語，視線回到了投影機畫面上。他的酸言酸語讓會議室的氣氛變得更加緊張。拋出的這番話使人聯想到坊間流傳的八卦。從好幾年前開始，就有人在傳芮珠恩跟某大企業的高層主管有染，而且指名的企業也很明顯。公司內部猜測那位高層就是金專務的傳言開始甚囂塵上。謠傳說芮珠恩被內定為專屬代言人，並且連續好幾年用各種理由一再延長合約，這些都是金專務發揮影響力促成的。由於涉及個人私生活範疇，所以大家只敢在背後議論，但實際上謠言並不是空穴來風。

「而且，」徐翰烈回頭看了一眼行銷部的人員，「那麼認真玩社群媒體的人，通常都不會低調到哪裡去。現在這個時代，人們不是只要意見稍有分歧，就二話不說先進行攻擊？從某種意義上來說，這難道不是一顆隱藏的未爆彈？明明是個人的帳號，公司卻無法進行任何管理。」

「是的，您說得沒錯。」

韓部長適度地附和了一句。其他職員們也點頭如搗蒜。徐翰烈再次注視著發表者，接續說道：

「看來對於更換代言人一事似乎是沒有異議了……替換的候補人選應該找好了吧？」

「是的，當然找好了。」

「那就別再囉唆了，直接從那邊開始吧。」

在徐翰烈的要求下，簡報直接跳過好幾頁。排除那些已與競爭對手簽訂專屬合約的幾個人選，似乎還有五六名候補。

徐翰烈姿態閒適地雙臂抱胸，看著出現在畫面之中的人物。

「首先，第一個候補人選是演員文錫炫。童星出身的他受到全國國民的喜愛，出道之後的十五年間都沒有太大的起落，一直在穩定地工作。他拒絕藝人推甄保送，以自己的成績考上了大學，並且順利解決當兵問題，得到了很多人的好感。最近他參與的所有電視劇和電影都取得了很棒的成績，業界評價認為他已跳脫童星形象，成功在演員界取得一席地位。」

「這就是你的答案？」

「咦？為何這麼說……」

「我才想問你呢。你們明知道藝人都是靠塑造出來的人設形象在賺錢的，卻還把這個人列為候補。用人之前要看的不應該是他包裝過後的樣子，應該要去調查他的真面目才對吧？看看他檯面下有沒有被傳出什麼小道消息，或相關工作人員對他的風評是如何啊。不管查出來的東西是否屬實，不想出包的話，就應該一個一個好好仔細確認這些事情才對吧？」

始料未及的當頭棒喝讓職員們愕然相覷。包含發表者在內的幾個人翻閱著事前準備好的資料，確認與文錫炫有關的傳聞，但沒有找到特別顯著的內容。眾人的目光立刻朝徐翰烈看去，尋求他的說明解釋。徐翰烈不慌不忙地用下巴指了指投影機畫面。

「他和我要叫一聲堂哥的那個傢伙交情甚篤，我私下都不知道見過他多少回了。」

職員們也都非常清楚徐宗烈是日迅家族的頭痛人物。縱使徐翰烈難搞的個性、不按牌理出牌的言行、目中無人的態度經常成為眾矢之的，但實際上真正做出不當行為和偏差行徑的卻是徐宗烈這一方。大家也知道徐宗烈是公認的毒蟲，只是對於他和文錫炫有私交這件事從未聽聞。兩人的交際從來沒有以任何形式表現出來，甚至也沒有任何傳聞有提到過。其實要不是像徐翰烈這樣私底下見過他們兩個，是很難發現這項事實的。

「要是他出了什麼事，無論我們怎麼努力切割，勢必都會造成一番慘重的損失。所以，我認為對我們來說，前提應該是要把候補代言人的所有謠傳都當成事實來看待，在公司所能承受的風險範圍內來決定採納的人選。您覺得呢，韓龍植部長？」

「啊，是的，您說得對。」

「那就來看下一位人選吧。」

「好的，接下來推薦的是在海外活動的足球選手金易漢。他不僅在國內外都具有高知名度，還受到廣大粉絲們的強烈支持。我們認為他非常適合成為一個年輕、健康形象的代言人。他每年都會捐出一大筆善款給綠色兒童慈善基金會，同時也積極擔任義工活動，為社會做出了巨大的貢獻。」

「金易漢，當然是不錯的人選。」

徐翰烈難得給出正面評價，職員們皆露出了喜出望外的神色。可惜這愉快的時刻維持不了多久，徐翰烈便歪著頭提出完全沒有人想過的反對意見。

「不過，萬一這名選手在比賽當中昏倒的話，要怎麼辦？」

「……什麼？」

「代言人和品牌之間也有契合度的問題，要是他在比賽中途發生心臟病的話呢？屆時我們公司的形象將會如何？難道要變成像那些生前契約禮儀公司一樣，跟客戶強調說就算哪天突然翹辮子了也不用擔心，保證會安排好一切身後事？」

「但是……」

「但是什麼？覺得這個假設太荒謬？會嗎？這在體育界可是每年都會發生的事情啊？即便再年輕、再健康，也不一定就能躲過這種天降的厄運。我聽說他有家族病史不是嗎？」

職員們反應很快地查看起金易漢的資料。雖然能在資料中找到他的家庭成員、交友關係、成長環境、至今交往過的異性朋友，甚至是在學期間的軼事，卻無法得知他身體有無疾患。畢竟運動選手的身體資產就是一切，在管理健康狀態情報這方面似乎會更加謹慎，以免一個不小心變成了不利於己的弱點。

然而，在幾年前的新聞報導資料中，可以找到金易漢曾是籃球選手的哥哥在家休息時突然死亡的消息。此外，英超聯賽的原文新聞中也提到，金易漢目前所屬球隊在招募他之前曾對他進行了特別縝密的體能檢測。

「金易漢就暫時保留著，先查證好實情再說吧。血緣是騙不了人的，這句話意外地在許多情況下都能拿來使用。」

「是的，明白了。」

「下一個。」

「好的，下一個是……」

發表者艱難地繼續進行著簡報。徐翰烈也持續地反駁作對。行銷部苦心挑選的候補人選大部分都被他無情地淘汰掉了，不合格的理由也是百百種。職員們頓時變得鴉雀無聲，彷彿是自己遭到淘汰一般。會議室裡的氣氛霎時降至冰點。徐翰烈也開始顯露出不滿的神色。

「這些人就是你們精心挑選出來的候補？」

部門人員們慚愧地垂下了頭，同時彼此之間相互交換著眼色，開始懷疑徐翰烈是否心中已另有屬意的人選。說不準他也會做出和金專務一樣的事情來。

一直在觀察情勢的某位主任小心翼翼地發表了意見：

「那……演員池建梧怎麼樣呢？他不但最近身價看漲，過去奮鬥的勵志故事也廣為人知，現在很是受到大眾的青睞。」

「他不是這種路線啊。狼就算披著羊皮，也不會真的就變成一隻羊。」

徐翰烈直接一口回絕的反應出乎眾人預料。

「還有，應該所有人都知道我和他之間的關係吧？找家人來為自家公司宣傳，根本一點說服力都沒有。」

徐翰烈冷靜地畫了條界線。雖說胳膊總是向內彎的，照顧身邊親近的人本來就是人之常情，但他還是表現得公私分明。

「沒有其他選擇了嗎？」

徐翰烈一臉無趣地掃視了一下在座的人們。發表者在這時表示：「是還有一名人選。」眾人的注意力於是全集中到他身上。徐翰烈點點頭，要對方接著講下去，但從他倦怠的眼神中找不到一絲絲該有的期待感。

簡報跳至下一頁，一名看起來面目和善的男性填滿了整個畫面。

「這位是演員鄭義玄。」

「又是鄭義玄啊？」徐翰烈噗哧地笑了出來。

「咦？」

所有職員都一頭霧水看著他，暗地納悶他為何會出現這種反應。徐翰烈搖了搖頭表示沒什麼：

「沒事，繼續吧。」

「好的，鄭義玄是一位形象健康、非常認真的年輕演員。他從小配角開始一步步奠定了地位，屬於演技精湛的實力派，再加上他在業界口碑也是極佳。工作十多年來，他從未惹過任何麻煩，私生活也相當檢點，給大眾留下了既熟悉又可靠的印象。去年和今年，他在廣告代言人喜好度調查中皆名列前茅。我們判斷他是一位能吸引所有年齡層消費者的理想代言人。」

「嗯……沒有相關的傳聞？」

這次由另一位職員悄悄舉手答腔：

「曾經有段時間傳出了一個奇怪的謠言，但後來也是不了了之。」

徐翰烈靜靜搜索腦中記憶，然後低低啊了一聲：

「說他可能是同性戀的那個傳聞？那有什麼大不了的。」

「什麼？」

職員們聽了他不以為意的回答後露出更加困惑的表情。徐翰烈才剛用和毒蟲過從甚密以及有家族病史為由，拒絕了其他人選，現在竟然不把同性戀疑慮當一回事，也難怪他們會有這種反應。

徐翰烈「嘖」了一聲，表現出一副無法理解的態度。

「什麼時候個人的性取向必須和社會議題相提並論了？男人喜歡男人、女人喜歡女人又不是犯了什麼罪。」

「這麼說是沒錯，但萬一在合約期間被發現他那個傳聞屬實的話……」

「當然不能讓那種事發生，難道我們公司連這種程度的危機都處理不了嗎？」

徐翰烈斬釘截鐵地說完，便看向一聲不吭的韓部長。韓部長露出一個尷尬的笑：

「這樣的話，我們會在查證事實過後，重新仔細研究關於鄭義玄的……」

「有什麼好顧慮的？目前看起來已經沒有比他適合的人選了，你時間還很多嗎？」

「可是還是要照程序來走……」

「我都表示同意了，還需要走什麼程序？跟鄭義玄公司洽談一下吧，聯絡過後馬上告訴我結果。」

徐翰烈逕自下令完便從座位上起身。包含韓部長在內的行銷部部門人員們紛紛站起來對他彎腰行禮。徐翰烈簡單點頭示意之後遂離開會議室。忙著要送他到電梯口的韓部長也被他舉起手攔阻。

在會議室外等候的楊祕書見到徐翰烈出來，立刻尾隨其後。正在辦公室值勤的其他部門職員亦是一律起立鞠躬。徐翰烈快速穿越了辦公室來到電梯口。

「要你送的東西呢？」

「在您開會的時候有接到出發通知，現在應該差不多到了。」

楊祕書一下子就理解到他的意思並給予答覆。徐翰烈聽完點點頭，走進正好抵達的電梯之中。

✦

「OK！很好！」

等待已久的OK指令一落下，工作人員們全都開始鼓掌互道辛苦了。眾人因快到午飯時間而漸顯疲憊的臉色瞬間明亮了起來，收拾設備器具的手腳也比任何時候都要來得迅速。大家一面抱怨剛剛的拍攝有多艱辛，同時還要忙著預測今日午餐吃什麼，現場變得人聲鼎沸。

這個時候，有位場控組的工作人員跑到副導演那裡，向他轉達了某個消息。說著悄悄話的工作人員和安靜聽著的副導演視線同時朝白尚熙看去。白尚熙正在檢查剛才的拍攝，感受到注視自己的目光，他抬起頭往後一看，才發現不只是那兩個人瞅著他，三五成群聚在一起的工作人員們也不時看著他嘻嘻竊笑。

甚至還有人和白尚熙對到眼後，直接向他鞠了個躬。不確定是不是自己的錯覺，白尚熙甚至感覺四周的空氣有了微妙的波動，不曉得是發生了什麼事。

李導演也察覺到了這股異常，東張西望地問說怎麼回事。和他眼神交會的副導演趕緊朝兩人的方向走來。

「導演，餐點已經準備好了。」

「是喔？那就吃個午餐，休息一下再繼續吧。」

「好的。」

如果是在平時，副導演應該會立刻對拍攝現場大喊：「吃飯時間到了！」然而今天他卻在宣佈用餐前先對白尚熙笑了笑：

「謝謝你喔，我會好好享用的。」

「……咦？」

突如其來的道謝讓白尚熙當場愣住。但副導演沒再補充任何說明，扯著喉嚨大喊道：

「吃過午餐再繼續！」

「是！」

工作人員們終於等到放飯時間似的起身移動，不知為什麼表情看起來都帶著一絲興奮。白尚熙搞不懂原因，只朝李導演和副導演說了句：「請慢用。」隨後便走向姜室長。姜室長拿著攜帶型電風扇往白尚熙脖子吹，小聲地跟他說：

「外面好像來了一拖拉庫車子耶？」

「什麼東西？」

「你自己去看啊，好像是徐代表送過來的。」

白尚熙訝異地歪了頭，因為他並沒有收到任何來自徐翰烈的通知。雖說徐翰烈本來就不會提前告知他這種事。

其實，這並不是徐翰烈第一次送東西來現場支援。前幾天才剛來了一批貨櫃車，送了一百臺的工業用移動式冷氣機過來。

現在正是戶外拍攝最辛苦的時候，即便原本就有幾臺冷氣在運作，但數量根本不夠所有人使用。幾位主角相較之下的待機時間沒那麼長，休息時間也都各自待在車上，確實沒那麼吃力。但其他長時間暴露在酷暑之下的臨時演員或工作人員就很煎熬了。尤其《以眼還眼》這部戲動員的臨時演員特別多，徐翰烈雪中送炭式的禮物自是令眾人加倍歡喜。

白尚熙成了人人口中稱頌讚美的對象，只因為徐翰烈以SSIN娛樂的名義贈送物資，還不忘顧及到那些相對弱勢的工作人員。有賴於此，媒體也經常報導白尚熙在拍攝現場大方請客慰勞劇組的消息。

「為什麼要把所有功勞都推給我？」

白尚熙那天回到家裡問徐翰烈的時候，徐翰烈的反應顯得毫不在意。

「要是用我的名義來送，那不等於是在暗示大家快來懷疑我們嗎?可能會讓人感覺我們的關係好到不太尋常？」

「確實是關係好到不尋常沒錯啊，不行嗎？」

「你少幼稚了，就算要公開也不是現在，現階段還不能被發現。」

白尚熙問那什麼時候才可以，徐翰烈只敷衍著說不曉得。白尚熙猛一把將人抱住，連連逼問：「不曉得？」說著朝徐翰烈的臉部、脖子、肩膀又是一頓亂親，也不忘搔癢他特別敏感的腰際和後背。徐翰烈被癢得受不了，發出爽朗笑聲，一會答「以後再說」，一會又改口說「再過一陣子」。最後，徐翰烈捧住了白尚熙的臉，與他嘴對嘴，舌頭像吃冰淇淋一樣緩緩舔著白尚熙唇瓣，舔完再悄悄伸進他嘴裡。

想起當時情況，白尚熙忍不住輕笑出聲。姜室長斜眼瞥他：

「……你這小子是怎樣啊？」

「我怎樣？」

「無緣無故是在笑什麼，很可怕欸。」

「現在連笑一下都要被念啊？」

「我是在提醒你，要清醒一點。」

「不用吧？最近大概是我這輩子活得最清醒的時候了。」

姜室長被他厚臉皮的頂嘴搞到不知該說些什麼。本來氣惱地想再多罵他一句，但是在移動至用餐地點的途中，一直碰到迎面而來的工作人員向他們道謝，以至於未能如願。

「池建梧先生，謝謝招待。」

「我已經吃第二盤了。多虧了池建梧先生，我們才能吃得這麼好呢，感謝你。」

「真的好好吃喔，我本來要減肥的，只好明天再開始了。」

白尚熙沿路邊走邊回覆著「謝謝」、「請慢用」，轉眼已來到用餐場所。沒想到竟然來了六輛餐車並列在現場，菜色囊括了西式料理、墨西哥玉米餅、韓式、日式、中式料理，甚至還有咖啡和甜點可以選擇。

每輛餐車的廚師和工作人員都穿著一身整潔的制服，餐車前方還標示出廚師的各式證照和過往經歷，讓人能感受到他們對於自己所烹調的料理深具信心，同時也相當專業。

工作人員和演員們面帶喜色地去取用各自想吃的餐點。夏日炎炎食欲不振，再加上長時間拍攝導致身心俱疲的狀況下，豪華餐車的到來可說是天降甘霖。

姜室長對如此大陣仗的應援規模感到震驚不已。

「老天喔……我就說徐代表真的很大手筆，每次替你做面子的規模都這麼驚人。」

「他對我好，有必要這麼大驚小怪嗎？」

「欸，講真的，別人要是對自己太好，不是反而會覺得有點不安嗎？你難道不怕他以後把這些帳全算在你頭上，要你吐出來還給他？」

「有什麼好怕的，還有，他又不是別人。」

「當然是別人啊，你們既沒結婚也沒生小孩，從法律上來看毫無關係，本來就是外人。」

「喔，你是在說那個？那我只好再更加把勁了。」

「蛤，加什麼勁？」

白尚熙朝突然開始感到不安的姜室長伸出手。

「車鑰匙給我。」

「你要車鑰匙幹嘛？」

「要道個謝才行啊，畢竟接受了人家這麼多好意。」

「……快去快回。」

姜室長半信半疑地交出了車鑰匙。白尚熙也沒答應，抓了鑰匙便快步走向停車場。最後僅拋下一句：

「你先吃吧，不用等我了。」

獨自上了保母車，白尚熙鎖上車門，不想被任何人或是任何情況給打擾。他坐下後馬上打了視訊電話給徐翰烈。現在這個時間，徐翰烈應該也在吃午餐才對。回鈴音響了幾聲之後停了下來，只見徐翰烈的臉填滿了手機螢幕。

徐翰烈面對著畫面裡的白尚熙，目光無聲地流轉，最後才遲遲開了口：

「……什麼事？」

「派了那麼多餐車過來，還想裝傻？」

「那又沒什麼，你不是說最近都吃得很隨便？」

「現在是擔心別人的時候嗎你？」

「萬一你拍戲拍到肌肉都不見了，那不就是我一個人的損失了？」

聽見徐翰烈沒好氣的回應，白尚熙笑了起來。微微不悅的徐翰烈斜睨著眼，卻十分仔細地打量觀察白尚熙。等到白尚熙完全迎上他的視線，他又裝作沒這回事地看向他處。

「拍攝呢？」

「吃完午餐之後再拍一場就結束了。」

「結束之後還有別的行程嗎？」

「沒了。」

白尚熙稍微停頓半晌，然後提議道：「我去接你好不好？」

「你是又想上新聞喔？」

「我怕大家仍然以為我們只是商業上的往來？」

不正經的回答逗得徐翰烈忍不住嘴角含笑。能透過視訊看到他的笑臉，讓白尚熙不只內心，連臉部線條也不由自主柔和了下來。

「這次又是你在背後費心，但我一個人享盡了功勞。」

「要讓外界知道你在公司裡備受禮遇，這樣到了外面，人家才不敢隨便怠慢你。還有公司送給印雅羅的應援也是同等規模，你不用太過得意。」

「看得出來啊？」

「尾巴都要翹到天上去了好嗎？」

白尚熙因徐翰烈的調侃而失笑。

過去曾經見了面就針鋒相對的時期，如今已久遠得像上輩子的事情。

「你要是真的想謝我……」

徐翰烈曖昧地拖長句尾。

「就用那身打扮直接回家啊。」

得到這個意料之外的要求，白尚熙下意識地低頭看了一眼自己的衣服——他正穿著一襲合身的黑色神父法衣。

✦

「你可以走了。」

楊祕書跟著徐翰烈正欲走進電梯，聽到這句話，腳下忽然一頓。徐翰烈一副你沒聽錯的態度，跟他說：「今天難得讓你早點下班回家。」其實從公司回到徐翰烈家，大約也才十分鐘的路程，差不了多少時間。而且徐朱媛交代過，徐翰烈的身體狀態還不夠穩定，要他隨時守候在側。楊祕書因此拂了徐翰烈的好意。

「沒關係的，我送您到家門口。」

「怎麼，難不成我這麼大的人了，還會找不到回家的路？」

「我不是那個意思……」

「還是你覺得我會在這短短幾分鐘內又突然心臟病發作？」

楊祕書緊抿著嘴沒有答腔。不爽地瞅著他看的徐翰烈朝上方撇了下頭。

「尚熙在樓上聽到車位駛入通知就會知道我回來了，所以這一點你可以不必擔心，回去吧。」

聽起來似乎是白尚熙久違地早早收工回家了。這大概是徐翰烈比平常早下班，而且必須在停車場就趕楊祕書回去的理由。既然情侶之間想享受一下兩人時光，楊祕書也不好再多堅持什麼。

他總算不再執意要跟著徐翰烈，向後退開了幾步。就在電梯門快要關上的剎那，徐翰烈又按下開門鍵。

「除非我主動找你，不然這整個週末都別跟我聯絡。有急事的話就傳訊息。」

「好的，您好好休息。」

楊祕書在電梯門即將關閉的另一頭低頭鞠躬，而徐翰烈的目光早已擺在樓層顯示的螢幕上。他緊盯著逐一增加的數字，總覺得電梯今天爬升的速度格外緩慢。

電梯終於停下，徐翰烈等門扇一開，立刻大步走出去。他聽見自己的呼吸異常地紊亂，脈博也在狂烈跳動，跳到耳中咚咚作響。這應該是走廊上太過寂靜的緣故。

徐翰烈將這些生理反應怪罪於毫不相干的周邊環境，試圖讓自己擅自興奮雀躍的內心冷靜下來。來到大門口前，他停下來緩口氣。他稍微深吸一口氣後推門而入，立刻看見白尚熙的鞋子整齊地擺在玄關，空氣中還殘留著淡淡的香水味。

徐翰烈一反先前的急促，慢條斯理地脫下皮鞋。又等了一會，他才打開屏風門，頸部內側無來由地產生了緊繃的感覺。做好心理準備後，他剛踏出一步，遂在原地定住不動。

白尚熙人就站在通往客廳的走廊盡頭。他按照徐翰烈的要求，身上穿著一襲黑色的神父裝。

「回來了？」

徐翰烈對這聲招呼充耳不聞，兩隻眼睛將白尚熙由上至下掃描了一遍。即便儘憑藉著昏暗的間接照明，也一點都不影響他觀察白尚熙這身扮相。

長袍法衣從白尚熙寬闊的肩膀垂落至腳踝，凸顯出他完美的身材比例。待徐翰烈的雙眼適應了黑暗後，白尚熙俊美的容貌變得更為醒目。自然下放的瀏海，配上極度端莊正經的衣著，原本那個費洛蒙滿點的男人，此刻竟給人一種禁欲純潔的感覺。太不合理了。

更奇怪的是，這樣的白尚熙正渾身散發一股無法言喻的震懾感。他只是直挺挺地站在走廊的那端，卻有道無形壓力迫使徐翰烈的呼吸開始凌亂。身旁的空氣奇妙地受到了壓縮，就連潛伏在四周的黑暗，也彷彿成為了那個人的一部分。

徐翰烈先是愣了一會，接著笑容才出現在他臉上。光是看照片和影片，果然還是比不上實際接觸到真人的感受。徐翰烈臉頰上浮起一層雞皮疙瘩，喉結也輕微地滾動著。

他像個受到迷惑的人那樣，徑直朝白尚熙走了過去，專注的視線一刻也不曾從眼前人身上離開。白尚熙也對徐翰烈投以深沉的眸光。徐翰烈一步接著一步，謹慎地邁著步子。間隔的距離越是近，白尚熙身上特有的香味就變得越重。徐翰烈身體的所有細胞都在收縮，全副感官被放到最大，心臟也在怦咚怦咚地亂跳。

徐翰烈似是嘆氣般呼出一口長氣，在白尚熙面前站定。他斜斜地仰起臉看著白尚熙，開口叫了一聲：「神父。」面對這般突發性的狀況，白尚熙完全不為所動。他緩慢從容地將兩隻手背到了身後，姿態聖潔又虔誠。他看向徐翰烈，目光竟是帶著慈愛，彷彿無論何種罪過都願意聽他告解。

徐翰烈緩緩伸手搭在白尚熙胸口，白尚熙的視線遂落在他手上。那隻手向上滑至肩膀，徐翰烈踮起了後腳跟，因不穩定的呼吸而輕啟的雙唇和白尚熙的唇片溫柔貼合。白尚熙的嘴角隱約彎出一點弧度。徐翰烈也笑了，同時在他耳邊悄聲呢喃：

「我犯了很多罪過，我是來懺悔的。」

「這樣啊，那請先到這邊來。」

沉穩的嗓音壓得極低，徐翰烈耳內的絨毛不由得豎立。用那種聲音來朗讀聖經或念誦佛經，一定甜美好聽到不行。

徐翰烈的雙眼固定在白尚熙身上，跟隨著他的帶領。白尚熙讓他坐在客廳的沙發上，然後屈膝跪在他面前，兩掌悄然包覆住他的雙手。明明是如此單純的接觸，指尖卻有種酥麻的感受。

徐翰烈慢慢地轉動著眼珠，將那張近在咫尺的面孔逐一看個仔細。往下探尋的眼神在脖子附近停了下來。不確定是因為法衣遮住了喉結，和平常看起來不太一樣的關係，還是因為白尚熙扮演祭司的演技很到位的緣故，此刻的他身上，看不到平時那股魅惑勾人的氣質。

徐翰烈忽然伸手要去摸神父裝那象徵守貞不婚的羅馬領。他的指尖顫抖，就像是在觸摸一塊不得隨意褻瀆的聖地。

但他根本都還沒碰到衣領，手已被白尚熙攫住。白尚熙制止了他的動作，凝睇著他晃動的瞳眸，唇瓣輕輕吻上抓住的那隻手。

「天主的光會照耀我們的心，請完全信任天主的仁慈，誠心誠意告解你這段時間犯下的罪過。」

不帶一絲動搖的堅定話音在徐翰烈內心引發了深刻的波瀾。白尚熙真摯的眼神、動作以及語氣，完全不含糊草率或是尷尬做作。徐翰烈因此得以全然投入，入戲到忘卻他們是在玩角色扮演。他的臉上湧現出濃厚的興致與情欲來。

兩人深深對視，膠著了許久，無形的氣場在他們之間碰撞拉扯。打破這緊繃對峙的人，是白尚熙。他毫無預警地撈起徐翰烈的腿，接著扣住肩膀，一轉眼便把人打橫放倒在沙發上。

眼前景物驟然翻轉，徐翰烈感到輕微的暈眩。再張開眼時，伏在他身上的白尚熙滿滿占據了視野，讓他不禁吸氣屏息。白尚熙垂眼看著他，眼神深沉，緩緩伸出手，修剪端整的指尖幾乎就快要碰到他的額頭。

手指在空中描繪著徐翰烈的眉眼，沿著鼻子、嘴唇和下巴，一路向下，也依序掃過頸部、胸部還有腹部，惹得徐翰烈微微發顫。當白尚熙似有若無地觸摸脖子的肌膚時，徐翰烈不由自主咬緊了牙根，再次強忍住差點迸發的喘息。

白尚熙的眼將徐翰烈的每個細微反應逐一紀錄。在薄襯衫上滑動的手掠過了胸腹，頃刻後，白尚熙的手勾住了徐翰烈的皮帶扣環。不同於剛才的確切接觸，讓徐翰烈的腰反射性一縮，竭力壓抑著的呼吸也亂了拍。

白尚熙和局促不安的徐翰烈直勾勾地對視，不慌不忙地開始解他的皮帶。金屬碰撞的鏘啷聲和那股輕輕壓迫腹部的壓力，以及拉扯時暗中將腰部略微提起的力量，都讓徐翰烈胯間無法控制地起了反應，嘴裡也一再地感到口乾舌燥。

「弟兄，你用這隻手犯了罪嗎？」

白尚熙將徐翰烈的手扣在沙發上，從手肘內側緩緩摩挲至掌心，再單手抽掉他腰上已鬆開扣環的皮帶。徐翰烈身體因此劇烈地彈了一下。他非但沒有一絲不悅之色，反而還狡黠一笑，對於無法預測下一步會如何發展的情況顯得十分享受。

白尚熙用皮帶捆住他雙手手腕，向上舉在他頭頂。糊里糊塗地被綁住，徐翰烈也只是笑了笑，像在等著看他還會變出什麼把戲。滿懷期待的眼神隱含了幾分挑釁。

白尚熙仍是一臉的高深莫測，繼續解開徐翰烈的領帶。始終溫吞的動作，搞得徐翰烈都著急了起來。

「或者，你是用這雙眼看見邪惡之物，產生了貪念？」

白尚熙小聲呢喃著，拿起領帶蒙住徐翰烈的雙目。視線受到遮蔽，徐翰烈不安地動了動身子。在這麼一個任人擺布的情況下，他似乎也感到有些迷茫，不知不覺將下唇咬進嘴裡。

縱使兩眼都被遮擋，仍可透過忽濃忽淡的香氣，和籠罩在臉上搖曳的陰影來判斷對方的動向。徐翰烈等得急躁，不知道白尚熙的手到底何時才會觸碰自己。襯衫下襬這時忽然被抽起，鈕扣也一顆接一顆慢慢被解開。如此幽微的刺激，甚至都還沒直接接觸到身體，徐翰烈的膝蓋就已經控制不住地抖了起來。

身上的襯衫沒多久便前襟大敞，外面的冷空氣一股腦地竄入，使得他腰桿直打冷顫，胸口也明顯地在起伏。

猝然間，某個溫軟的東西碰觸到徐翰烈光裸的皮膚，嚇得他一個激靈。那股溼糊糊的，磨碾著皮膚的觸感，鐵定是白尚熙的舌頭不會錯。剛意識到這一點，徐翰烈便渾身起了一波雞皮疙瘩。

白尚熙用舌尖從他胸口中央往下舔到肚臍。敏感的疤痕被慢速舔過，徐翰烈不禁緊抿住嘴。等到溼滑的舌尖終於要鑽進他肚臍時，他忍不住抬高了下巴，被綁縛的身子發起抖來。白尚熙將唇瓣印在他快速輕淺起伏的肚子上，小聲地喃喃：

「天上的慈父……」

「唔……」

白尚熙再次欺身上前，從徐翰烈的左邊乳頭重重舔至右乳頭，一連串動作下來，似是在這副雪白赤裸的胴體上畫了個大十字聖號。

「……因祂聖子的死亡與復活，使世界與祂和好，又恩賜聖神赦免罪過；願祂借著教會的服務，寬恕你，賜給你平安。」

「唔呃呃……」

幾欲忍住的呻吟不斷從齒縫中溢出。全身的細胞都變得異常敏感，滾燙呼吸噴在肌膚表層，觸感過於直接地傳達至大腦。舌頭在表皮舔弄的感覺、每根手指頭壓迫皮膚的感覺也都太過清晰。另一方面，不夠滿足的刺激同時讓身體焦躁不已。

沒料到，白尚熙隨即平靜地退開來，一隻手按住了徐翰烈被捆住的手臂，只是默默地觀望著他這副模樣。

隨著時間流逝，徐翰烈感覺到白尚熙舌頭先前所經之處開始泛起一絲涼意，而相反地，體內溫度卻逐漸高升沸騰。他終於耐心告罄，四肢開始掙扎起來。

「唔呃、這是在幹嘛？別再存心惹人生氣……」

「看來，弟兄你好像是被縱欲的魔鬼給附身了。」

白尚熙的唇就在徐翰烈嘴巴上方翕動著，還在掙扎的徐翰烈再度抿住了嘴。白尚熙目不轉睛看著氣喘吁吁卻嘴巴緊閉的他，手慢慢從他上半身往下滑。與剛才若有若無的接觸不一樣，這次是確確實實按壓著皮膚的碰觸。

「嗬呃……嗚……」

「身為天主真正的執事，讓我來親自為你淨化。」

悄聲呢喃的兩片唇瓣不斷掃過徐翰烈的嘴，偏偏就是不肯吻上去。徐翰烈忍無可忍，氣得伸長了脖子要去親白尚熙的嘴，卻被他靈巧地閃避開來，終究無果。

雖然沒讓徐翰烈得逞，但白尚熙在他鼻尖輕柔一吻以示補償，嘴巴也接連在他脖子內側徘徊。他直接埋首在徐翰烈頸窩，不停用鼻子搓揉那熱烘烘的身體，盡情吸取他身上的味道。

徐翰烈被他按在身下完全動彈不了。頂多在白尚熙含住他耳垂拉扯，或朝他深吸一大口氣時，發出幾聲小小的嗚咽而已。眼睛被蒙著、手被綁住，受到限制的憋悶感反而使他更加興奮。

白尚熙把他的襯衫扒得更開一些，啃上線條分明的鎖骨，大拇指在毫無抵抗力的腰側按摩打轉。徐翰烈連聲喘息，掙扎個不停。白尚熙將他死死困在身下，不給他逃脫的機會，鼻尖緩慢向上描繪著疤痕的形狀。當他伸出舌頭去摳舔傷疤最深的部位時，徐翰烈忍不住激動搖頭。

「呃呃……」

「啾。」

白尚熙在上面響亮地親了一口之後暫時退開。一抬眼，粉紅色的凸起便進入他的視線範圍。照理來說，它應該感受不到白尚熙的視線，卻因期待著接下來的事而細微地抽搐著。

白尚熙笑了下，用鼻子尖端輕微地擠壓那小小的乳頭，然後將它一口含住。光滑的黏膜嚴密地包裹住敏感的肉團，徐翰烈的胸脯自然上拱，完全貼上白尚熙的臉。白尚熙回應著他的欲望，舌頭將高挺的乳尖擠壓得向內凹陷，再猛然用力嘬吸。

「啊呃、嗯……呃……嗯！」

視覺被剝奪後，剩下的感官變得更加敏銳。徐翰烈耳裡全是自己和白尚熙的呼吸聲在轟隆作響。他能更清楚地感知到，對方正在摸他哪裡，以及吸吮著他胸部的力道是強還是弱。

白尚熙一點也不躁進，在漸漸急促的吐息中仍執意愛撫，讓徐翰烈身體繼續升溫。他解開褲頭拉下拉鍊，卻沒停下吸吮胸部的動作。嬌嫩的皮肉輕輕一吸就被吸附而起，逐漸泛起了紅痕。光用嘴唇去碰便柔軟下陷的乳頭此刻已變得十分堅挺。徐翰烈反抗的動作自然也大了起來。

白尚熙鬆口放開他吸進嘴裡不斷齧咬的嫩肉。伴隨著「啵」的一聲而分開的乳頭，像淋上了黏稠如糖漿般的唾液，在空氣中哆嗦著。不曉得白尚熙是如何折磨它的，甚至已經看不出原本的色澤。

他托起徐翰烈的後腰吻上心窩，沿路啃著胸部細緻如玉的肌膚，朝向另一側目標而去。在唇瓣接觸到乳暈的那一刻，他的手一口氣扒掉徐翰烈的褲子和內褲，他的嘴卻不是往靠近的那一方，而是回去攻占剛才已被充分吸咬過的那顆乳頭。出其不意的突襲讓徐翰烈全身撲騰了起來。

「哈呃、媽的……！啊、啊嗯、嗯……」

白尚熙叼住飽受摧殘的乳尖固定在嘴裡，用舌頭大力揉搓。他完全壓制住了卯足全力想掙脫的徐翰烈，對著那過度刺激的乳肉使勁吮吸，像是打定主意要把某種東西吸出來才肯罷休。徐翰烈猛搖頭，兩條腿在下面踹個不停。

「哈呃呃……嗯、不要、啊、呃嗯、夠了！」

「夠了？」

白尚熙歪頭仰視徐翰烈，然而下巴卻輕按在剛才持續欺負的乳尖上。胸前怪異的感覺使得徐翰烈忍不住悶哼出聲。

「嗯？」白尚熙在反問的同時，大掌依次掃過徐翰烈的骨盆、大腿、小腿以及腳踝腳背。輕撫而過的搔癢感，讓徐翰烈的膝蓋反射性彈動。肌膚越是相觸，便越是渴望得到更為強烈的快感。

「怎樣都好，快……！」

徐翰烈再也忍不下去地開口哀求。白尚熙順著他的意應允了一聲，在他受盡刺激的乳頭旁親了一口。光是這麼一吻，徐翰烈被綁起來的手便明顯顫抖起來。早已緊握到泛白的拳頭教人看了心疼不已。

白尚熙的嘴無預警地欺壓上徐翰烈用力抿住的雙唇，徐翰烈馬上扭頭與他接吻。

見對方凶猛地湊上來，帶著彷彿要吞吃一切的氣勢，白尚熙毫不抗拒地交出他的舌。大概是被故意吊胃口的舉動給氣到了，徐翰烈洩憤似的咬了白尚熙舌頭一口，之後才開始和他接吻。他如同在茫茫荒漠中終於發現了綠洲，急迫地吸著白尚熙的舌，性急到連門牙都磕到對方的。繼續放任他這樣下去的話，恐怕待會就要見血了。

白尚熙一邊低笑，一邊握住徐翰烈下巴輕柔摸撫，哄勸似的，依序將他氣喘吁吁的上下唇愛憐地含進嘴裡輕扯。

「噓……」宛如悄悄話般深沉慵懶的吐息蔓延開來，徐翰烈也逐漸放緩了動作。白尚熙安撫著乖巧下來的人，不停摸著他發燙的臉頰，纏綿地深吻他。徐翰烈的身子開始舒展放鬆，呼吸也開始變得甘甜。

兩人的舌推去又被推回，在相互嬉戲了好一會之後，動作開始慢了下來。白尚熙將徐翰烈已被攪弄到軟爛無力的舌尖使勁吸出口腔之外才放開。親到快缺氧，徐翰烈微微張闔著豐厚的唇瓣，不停喘氣，充血的紅腫嘴唇讓人聯想到垂涎欲滴的果實。白尚熙欣然湊上前去嘗了一口。

「很好。請別害怕，把自己完全交付給我吧，弟兄。」

近在咫尺的低語中挾帶著些許笑意。徐翰烈被他這麼一撩撥，膝窩處無端發麻，偷偷屈起了腿。白尚熙手法熟練，不緊不慢地撫弄徐翰烈的腳踝骨，從小腿內側蜿蜒向上。

觸碰到的每一處都擴散出隱隱熱流。徐翰烈大腿內側感受到他掌心的壓迫，因聚集在鼠蹊部位的強烈炙熱感而抿緊了嘴。

白尚熙埋首在抖個不停的徐翰烈頸間，對著他體味漸濃的肌膚表皮反覆舔吸。包握住大腿的那隻手趁著這時，從腿縫間鑽了進去，整片掌心擦過蓬勃的性器和柔軟的陰囊。接著，他只用兩根手指頭撐開臀肉，便探進臀縫摸索。徐翰烈並沒有掩藏下半身的欲望，主動貼緊了白尚熙的手。

「嗚、呃……快點……」

「嗯。」

白尚熙嘴上答應徐翰烈的要求，卻只是連連吻著他的頸子，手在後穴外一圈細小的皺摺上撥弄著，盡情享受那處軟嫩的手感。

徐翰烈被他弄得受不了，抬起膝蓋往他腰側踢了一腳。白尚熙這才應說：「知道了。」隨即低頭，唇舌從徐翰烈脖頸滑到胸膛，再往下啃咬至腹部。當唇片貼在肚臍下方的肌膚時，硬到不行的性器正好抵上喉結的位置。白尚熙暫時從徐翰烈身上抬起臉，對著在眼前搖晃的肉莖深吸了一口氣。

似是察覺到對方嗅聞味道的動作，亢奮漲紅的柱體羞得直抖，模樣有夠可愛。白尚熙忍不住對著它一頓狂親，搞得徐翰烈不知所措地扭動著下身。

白尚熙將徐翰烈拚命想要併攏的大腿平壓在兩側，緩緩吞下他的性器。厚實的肉柱推進了因唾液沸騰變得黏稠的嘴巴裡。儘管被堅硬如石的龜頭使勁頂開喉中的懸雍垂，闖進口腔深處，白尚熙的嘴仍吸絞著那又硬又燙的肉莖。

徐翰烈咬緊了臼齒，努力承受從中心部位猛烈襲來的陣陣酥麻。他高高仰起下顎，牙關縫隙間發出了咬牙切齒的聲音。

徐翰烈越是難受，白尚熙就更加嚴實地包裹住他的火熱。性器像條離水的活魚般翻騰，在白尚熙口腔內竄跳捅弄。白尚熙不在意地用舌頭托住他性器下方，嘴唇牢牢吸緊了柱身，從容地聳動著頭部。徐翰烈的骨盆在瘋狂來襲的刺激下開始搖晃，所有感官在剎那間轟然燃燒。

「呃、嗯……哈呃、呃……」

徐翰烈的雙頰已在發燙，兩片唇瓣也完全分開來，不停發出興奮的呻吟。白尚熙專心致志替他口交的同時，亦不忘用大拇指摩挲肥碩的會陰部，用剩餘四根手指去撥動那討喜的囊袋。急遽上湧的快感讓徐翰烈頭皮發麻，被箍住的手腳不住地掙扎。

「啊呃、呃、嗯、哈呃、媽的……」

徐翰烈嘴裡咒罵著髒話，奮力想擺脫這股駭人的快感，卻從某個瞬間開始也不自覺挺動著腰身。他的性器劇烈地撞擊著白尚熙的懸壅垂，在喉口不停進出。乾嘔的生理反應令白尚熙額頭上青筋畢露，始終平滑的眉間也蹙起皺紋。然而他盡力吞下那股不適，反倒將整張臉重重埋進徐翰烈的骨盆，徐翰烈的分身也因此插進他喉嚨最深處。

白尚熙在這時縮緊了口腔，盡可能地擰絞嘴裡的性器。

「啊呃呃、啊嗯、呃……啊！靠……呃啊……啊？」

被逼至絕境，滿口哼叫的徐翰烈因忽然的解脫發出了疑問。性器瞬間從溫熱的黏膜當中被拔出來，接觸到外界空氣的柱體忿忿地擺動著。擺脫緊縛後的舒暢感只維持了一兩秒，尚未到達頂點的性器便開始脹痛得難以忍受。

「吼、你幹嘛……」

徐翰烈躁怒地正要抗議，白尚熙卻突然動作俐落地將他抱起，腰靠在沙發扶手上，下半身朝天翻起。白尚熙一手按住他的雙腿，毫不遲疑地把臉埋進坦露的臀縫之間。

徐翰烈嘴裡發出模糊不清的嘆息聲。被白尚熙用舌頭對著洞口舔弄按壓，徐翰烈扭動全身想要推開他。白尚熙不在乎，認真舔著那小小的穴口，舌尖亦使力往裡面鑽探。

徐翰烈的屁股內側被他弄得溫熱又溼濡。儘管努力想要不去注意，溼濘濘的水聲卻總是在耳邊攪局，一五一十地轉播著下面的實況。一層緋紅染上徐翰烈的臉蛋與兩側耳朵。

白尚熙光是用舌尖規律地向內戳刺還不夠，嘴巴還覆蓋住穴口啾啾猛吸。嬌弱的皮膚表層不斷被淺薄吸起再溼呼呼地放掉。當白尚熙「啵」的一聲鬆口，強烈的餘韻甚至讓徐翰烈渾身顫抖。白尚熙舔了舔自己沾滿口水滑亮的唇，輕輕一笑：

「這位弟兄有著一副非常淫蕩的身體呢。」

「……哈啊、哈啊、別再弄了，放開我。」

氣喘吁吁的徐翰烈有氣無力地要求道。

「這個嘛……」白尚熙說著彈了下他硬梆梆的性器。

「呃啊……！靠，很痛！」

「驅魔儀式好像還沒結束呢。」

白尚熙從容不迫地說著，伸手去搆沙發旁的桌子，拿出總是準備在抽屜裡的潤滑液往徐翰烈的後穴擠，完全不把弄髒沙發一事放在心上。

那塊被白尚熙徹底舔吸戳刺、充分預熱的一圈皮膚，已變得又溼又軟。徐翰烈的腰肢可憐兮兮地發著抖。

修長的手指戴上保險套，在後穴周遭畫圓打轉。完全溼潤的小洞順利地張開來吸吮著手指，鮮明的異物感使得徐翰烈渾身驀然一緊。

「噓，身體放輕鬆。」

白尚熙柔聲低哄，一下又一下地吞吐他耳垂。原先均勻地抽插著孔洞的手指大幅度地旋轉刮弄內壁，弄得徐翰烈死命地咬牙。保險套和潤滑液在窄小的洞內反覆摩擦拌攪，發出泥濘的摩擦聲。用不了多久，白尚熙便又塞了兩指進去，另一隻手也伸去照顧徐翰烈兀自擺盪的性器。他緩緩在徐翰烈的肚子裡攪動長指，逐漸加劇手上套弄著性器的動作。性器內滾滾沸騰的某種濃稠，似乎隨時有可能噴射而出。

誰知就在下個瞬間，白尚熙的拇指堵住了鈴口，同時使勁在前列腺那塊地方猛力一戳。徐翰烈有如觸電般陡地顫慄，發出了抽氣聲：

「哈呃……！」

「看來，這裡就是惡魔棲息之處了。」

「不是、啊、啊、那裡、不要、啊嗯、嗯、唔……！」

白尚熙在哀哀叫著的徐翰烈額頭上鎮靜地親吻，下方卻對著他肚子裡敏感的那處不斷地猛摳。

感覺體內大量凝聚的欲望產物，即將就要通過膨脹的尿道爆發至體外，徐翰烈脖子後方與肩膀的皮膚爬滿了顆粒。白尚熙卻在這時一口吮住了方才持續刻意冷落的乳頭。徐翰烈大聲尖叫了起來：

「呃啊！呃、太……嗯、太……啊！」

鋪天蓋地的可怕刺激席捲全身，讓徐翰烈什麼都顧不得地放聲吟叫，下半身身不由己地動個不停。白尚熙放開了一直按住他龜頭的手，快速地摩搓整根性器，在裡面戳刺的手勢也越發猛烈了起來。

「不可以、不……啊嗯、嗚、呃呃、放開我，哈啊、靠、我叫你把這個解開……啊！」

徐韓烈放下被捆綁的雙臂，一邊咆哮一邊敲打著白尚熙的肩膀。但白尚熙不費吹灰之力便攫住他的手，加快了在下面鑿挖的動作。徐翰烈特別敏感的那一處束手無策地遭到陣陣壓碾。

「啊呃、嗯、呃、啊！呃啊啊！」

就在徐翰烈拚命搖頭掙扎的時候，蒙住眼睛的領帶鬆了開來。終於重見天日的他，一睜眼便見到白尚熙張口咬住自己胸部的畫面。白尚熙也馬上抬眸與他對視，同時大大翻攪插在徐翰烈體內的手指。下一秒，隨時等待爆炸的脹痛性器噴發出某種乳白色的液體。

「哈呃、啊呃呃……」

即使射了精也無法抑制那道強烈的顫慄，徐翰烈的腰身在半空中大幅度地聳動。四肢在無情的歡愉下耗盡全力，哆哆嗦嗦地顫抖。

「奉聖父、聖子、聖靈的名，赦免弟兄的罪。」

白尚熙直到最後一刻都忠實地扮演著他的角色，在徐翰烈抽搐的肚子上劃下十字聖號，並溫柔地吻了吻在深刻的射精餘韻下大口喘氣的他。

「邪淫之物一直流個沒完呢。」

「哈啊、哈……哈呃……閉嘴，你這個瘋子。」

徐翰烈凶巴巴地瞪著他。白尚熙輕笑一聲，吻上他熱呼呼的臉頰，緊接著又陡然抬起徐翰烈的雙腿，用自己的胸膛壓上去，將他身體硬生生凹折成一半。徐翰烈不禁悶哼了聲。

「哥哥已經充分盡興了一回，換成弟弟你想要怎麼做？」

白尚熙把臉靠在徐翰烈的腿上這麼問道。原先整齊的瀏海此刻凌亂地覆蓋住眼眶，浸淫在肉欲之中勾魂攝魄的雙瞳，和姿態散漫斜嘴而笑的模樣，讓整張臉顯得奇詭無比。令徐翰烈無言的是，自己腹部下方竟因此開始發熱發燙。

「嗯？」那人催討著回答。徐翰烈在對方吻上自己小腿肚時，打從心底發出了一聲喟嘆。說真的，白尚熙這傢伙的危害性，恐怕會比任何厲害的夢魔都要來得強大。

——《Sugar Days》第二集待續

高寶書版集團
gobooks.com.tw

**CRS066**
**Sugar Days 01**
*슈가블루스 1*

作　　者　少年季節（Boyseason）
譯　　者　鮭魚粉
編　　輯　賴芯葳
封面設計　犀萬
排　　版　彭立瑋
企　　劃　李欣霓

發 行 人　朱凱蕾
出　　版　朧月書版股份有限公司
Hazy Moon Publishing Co., Ltd.
地　　址　臺北市內湖區洲子街 88 號 3 樓
網　　址　www.gobooks.com.tw
電　　話　(02) 27992788
電　　郵　readers@gobooks.com.tw（讀者服務部）
傳　　真　出版部　(02) 27990909　行銷部 (02) 27993088
郵政劃撥　19394552
戶　　名　英屬維京群島商高寶國際有限公司臺灣分公司
發　　行　英屬維京群島商高寶國際有限公司臺灣分公司 / Printed in Taiwan
Global Group Holdings, Ltd.
法律顧問　永然聯合法律事務所
初版日期　2025 年 4 月



國家圖書館出版品預行編目 (CIP) 資料

Sugar Days / 少年季節（Boyseason）著；鮭魚粉譯 . -- 初版 . -- 臺北市：朧月書版股份有限公司出版：英屬維京群島商高寶國際有限公司台灣分公司發行 , 2025.04
面；　公分 . --

譯自：슈가블루스 1

ISBN 978-626-7362-70-9 ( 第一冊：平裝 )

862.57　　113005377

朧月書版

朧月書版